陆浩斌 何飘飘 著

小说不小
欧洲经典长篇小说九种

上海社会科学院出版社

序言　小说不小

本书以九位欧洲著名作家及其九部作品作为讨论主题,和读者一道敲开这扇欧洲经典小说家与小说的大门。九名作家分别来自西班牙、俄国、英国、爱尔兰、德国、意大利、捷克、法国以及土耳其,其文学活动时期覆盖了从西方现代小说的兴起至今的400余年。

文学的创作与鉴赏不会因地域、性别、种族或意见的不同而受到限制,至于"经典小说"则更加超越了专业、观念或思想的藩篱,成为整个西方乃至跨越东西文明的不朽之作。人生苦短而艺术悠长(ars longa, vita brevis),本书通过作者生平、历史背景、艺术精神,尤其是文本细读等内容,与读者一起探索这九位小说家如何从热门作家走向经典作家,如何创作出值得不朽与美名的文学佳作,如何在情感与思想的交融、古典与现代的冲撞、形式与结构的独创的精致之瓮中,感受血肉的跳动以及灵魂的极乐。

小说是西方文学的现代史诗,也是人类文明的现实表征。阅读西方经典小说可以帮助每一个人认识这个世界,进而让每一个人认识自己的内心与自我。理解小说正是为了理解自己。经典的作用永远都不会消退,它是最接近于存在的大链条之物,也是为己之学的不二机缘。本书将尝试着回答如何阅读和为什么阅读这两个问题,或至少再度抛出它们。小说不小,它们是关系到人应当如何生活的切己之书。希望这是一部趣味与专业、深情与沉思兼具的作品,当然,一切评判终要交给读小说的人。

好像西方人常在书头致谢以表敬意,中国人则出于谦虚习惯在书末致谢。本书就权在书头致谢,以感谢促成本书成稿与出版的师友们。首先是尊敬的老师们:张沛、杜泽逊、黄发有、刘林、吉颛、房言言、张洁等。其次是可爱的同学们:韩延景、栾霄晗、李一苇、冀雅朴、杨文迪、范予柔、王玥枭、廖尔伊多等。再次是长久以来相伴相随的沈阳、范笑我、何金金等。最后是上海社会科学院出版社的编辑叶子,没有叶子老师的悉心呵护,《小说不小》将如一株娇小的卡特利兰,长处凛冬、只见飘雪。

目录

序言　小说不小 | *1*

第一章　以后我是国王,你是总督
　　　　——塞万提斯的《堂吉诃德》| *1*

第二章　您是我唯一的朋友,这里只有您一个人爱我
　　　　——陀思妥耶夫斯基的《穷人》| *34*

第三章　翡冷翠与中世纪的终结
　　　　——E. M. 福斯特的《看得见风景的房间》| *63*

第四章　雌雄同体的绿色的理性、爱与激情
　　　　——詹姆斯·乔伊斯的《尤利西斯》| *87*

第五章　凝固时间里的病、床、啤酒、雪茄还有妖魔
　　　　——托马斯·曼的《魔山》| *142*

第六章　我们每个人都是一座……
　　　——伊塔洛·卡尔维诺的《看不见的城市》| *172*

第七章　母亲腹内的诺亚方舟以及诗人与小说家的区隔
　　　——米兰·昆德拉的《生活在别处》| *195*

第八章　既女性又社会视角笔触下的婚姻、耻辱感、写作养成
　　　——安妮·埃尔诺的《一个女人的故事》| *218*

第九章　明格尔的玫瑰与利维坦
　　　——奥尔罕·帕慕克的《瘟疫之夜》| *241*

天真和不那么感伤的结语　| *286*

第一章 以后我是国王,你是总督
——塞万提斯的《堂吉诃德》

一、杨绛全译反引风波

杨绛最早在 1978 年出版了她从西班牙语翻译来的塞万提斯(Miguel de Cervantes Saavedra)的《堂吉诃德》(*Don Quijote de la Mancha*),弥补了大部分的中国读者几十年来听说过却没读过这本巨著直译本的遗憾。傅东华更早于 1935—1936 年就翻译并刊登了《吉诃德先生》,但他是从英译本转译的。然而,汉学功底扎实且精通英、法等外语的杨绛在接近五十岁的时候才开始苦学西班牙语,她未译《堂吉诃德》之前还好,一旦译就了,经典文学的语言大问题也就产生了。她的《堂吉诃德》译本,一方面在国内的西班牙语学界和外国文学读者群体中几乎人手一本,并且收获了西班牙官方的极高评价;另一方面,也遭到了严苛的批判和质疑。例如,她误将与parent(父母)类似的西班牙语pariente(亲戚)理解为同一含义,可见犯了因为不够熟悉一种语言便借助于另一种语言来比附的纰漏。林一安的《大势所趋话复译——从西葡语文学翻译谈到新译〈堂吉诃德〉》一文就指出了这一问题。在这些批评的声音中,1995年《堂吉诃德》新译本的译者、西班牙语学界的著名专家董燕生更是直呼杨绛的译本为"反面教材"。这一说法出现后就引发了翻译界内外的无数争论:认为杨绛根本不是用西语翻译者有之,将杨绛视为神圣不可批判者也有之,毕竟学术神话总为民间文艺青年所青睐。而董燕生本人对杨绛批评的具体内容却被淹没在毫无意义的口水战之中,这不得不说是文学语言翻译中常常出现的一种搞笑的文化现象。争论应当被鼓励,语言的转换本来就不存在完美之说。如今看来,杨绛和董燕生翻译《堂吉诃德》的区别,许多都是对译介和文学理解的一种可承受限度之内的歧义,并非非此即彼,但因等而下之者引起的类似"饭圈现象"和怨恨心理学的争吵,就不能不令人感到惋惜与无聊了。后出转精,但我们不该诋毁第一个吃螃蟹的人,除非这个人的翻译态度糟糕、错误百出。比如一些人翻译的柏拉图、西塞罗、维拉莫维茨(Wilamowitz-Moellendorff)、胡塞尔、萨特、杰姆逊、福柯、齐泽克等等。张治曾写过一篇《杨绛译〈堂吉诃德〉功过申辩》,从语言和文学的角度出发理性地对事情本身进行探讨。另外,西葡文学在中国的兴起与中国文学在西方的边缘地位,也引起了中外文化交流不平等的探讨,如赵振江的《以〈红楼梦〉西译和〈堂吉诃德〉汉译看中西文学交流的不对等》。由此可见,语言本身是进行文学探究的第一基本功,跨语言或跨多语则是外国文学研究的基石符文。同时,正是多语交锋触发了诸如世界文学缘起的被动技能。再则,抛开曾经因政治、经济导致的文化霸权不说,如《红楼梦》西译不如《堂吉诃德》中译风行的其他原因之一,不正是对西方人而言中文是比西语更难学的语言吗?语言在文学创作和文学研究,尤其是比较文学视域中,实在是无处不在的雾霭。

二、重读经典与驳纳博科夫

前段日子,我(本书中的"我"皆指"我们",正如许多论文或教材中的"我们"大多指"我")又花了许多时间重读了这位西班牙小说家的《堂吉诃德》。塞万提斯的生活年代距今已有400多年,他还创作了非常多的戏剧,但人们记得且始终在阅读的只有这一部《堂吉诃德》。不过小时候的我并不知道这些,那么,彼时的我知道些什么呢?我知道塞万提斯是外国人并且已经去世了;我知道《堂吉诃德》是世界名著,也就是说,它是语文课的课外书;我知道读这本书大概对自己是有帮助的。现在概括起来,知道的大抵就是这些。不过在高中阅读这部书时,我深深地为堂吉诃德的所作所为(也可能是塞万提斯的所思所想)而感动。这其中暗示了一些问题意识,即《堂吉诃德》是一部能让一个普通人感动的课外阅读著作,即便穿越了长久的时空。

人们常说年轻时读《堂吉诃德》会跟着笑,年长时读《堂吉诃德》会跟着哭。(现在人们也以此来概括周星驰的电影。)因为这部小说既充满了幽默和搞笑的嘲讽、谚语、故事,又伴随着人生或感情上的悲惨、无奈、不幸。不过我个人的阅读感受却相反,第一次读的时候感到很悲哀,因为堂吉诃德那么善良、智慧,还要当骑士来为全世界带来和平与公正,并且他处处碰壁,遭受到不应有的痛苦。最近这一次读时,我反而觉得释怀,因为对很多事情都已经有了深重的体验,所以能够自得其乐,甘做山东大学文学院理综楼的堂吉诃德。正如全书后半段中的公爵所言,堂吉诃德疯了的话会给这个世界带来很多快乐和美好,不疯的话就没有任何用了,亦如梁永安所言,文学的本质就是荒诞。虽然纳博科夫说《堂吉诃德》是如何如何粗糙而残酷,但实际上,塞万提斯是何等温柔之人,他在书中对每一对真心相爱的情侣都非常呵护。除了一条在第三人称口述中被引入的副线,即要测量自己妻子忠诚度的安塞尔模最后不得善终。爱情在于相互信任,而人性不该随便考验,对于挚友罗塔琉和爱妻更是如此。两人之间爱的试炼自会有自然与世界的安排,但如果局内人对挚爱进行直接或间接的调试,那么"作死就一定会死"。桑丘作为一个世俗之人在结尾得到了最好的优待,他经历了梦想的过程,还像李逵一样当过官、断过案,唯一受伤的不过是耶稣般的堂吉诃德。故,塞万提斯就是小说家,《堂吉诃德》就是小说,正如莎士比亚就是剧作家,亚里士多德就是哲学家,后者由前者定义,而非相反。经典不正是如此吗?是荷马、埃斯库罗斯、阿里斯托芬等人最先定义了文学的经典,而不是先有一个文学经典的定义,而后索福克勒斯、维吉尔、但丁等才因为符合经典的标准得以被批准加入经典作家之列。

经典的定义与否定的方式不是考核制的,纳博科夫是我们今人的领衔,他有着现代意义上的战后恐惧症,正如今天读不得《水浒传》,因为我们为了来之不易的和平而珍视着这片怕和爱。不可否认的是,纳博科夫的《〈堂吉诃德〉讲稿》(Lectures on Don Quixote)分析到位且精密,细致到令人发指,他将科学态度、文学形式、思想情感一并用上,让你简直不敢相信他为了"黑"一本书会做到这个份上,以至于不得不怀疑,他是不是在"高级粉"而不是"低级黑"?纳博科夫与前人研究《堂吉诃德》的根本分歧在于,前人认为这部书是仁慈、幽默的,纳博科夫则认为这部书是粗糙、残忍的。也许是受了霸凌或迫害等心理问题的影响,纳博科夫不能接受过去的笑话、宠溺与"你就惯着他吧",并将其代入俄国警察的紧迫感之中。这一分歧当然会导致个人感受的先入为主。不过,好在纳博科夫是已经有了文学修养的高手(看他评析乔伊斯《尤利西斯》就知道他有多么无敌),所以即便他自恃主见,也不妨碍他在骂愚蠢和无聊之外能够认同其中的高超艺术与深切情感。

这一次细读与通读《堂吉诃德》,我关注到了更多内容,包括许多副文本。比如我看的这本是人民文学出版社2015年杨绛译本的精装版,属于"名著名译丛书",开头还收录了钱锺书翻译的德国诗人海涅的一篇文章《精印本〈堂吉诃德〉引言》。这篇文章反映了塞万提斯与我们时代取中间值函数的《堂吉诃德》观,也体现了钱锺书本人的眼光和阅历。

第一章　以后我是国王,你是总督

这篇文章与杨绛的译者序又一道向我们展示了《堂吉诃德》是如何持续受到世人钟爱的。这套丛书每一本的尾页,都有着按著者生年排序的一张"名著名译丛书"书目,打头的当然是《荷马史诗》(Ἰλιάς & Ὀδύσσεια),收尾的则是日本小说家大江健三郎的《万延元年的 Football》(万延元年のフットボール)。这些书的译者有过世的也有仍活跃的,包括罗念生、丰子恺、王永年、杨武能、张冠尧、李健吾、巴金、傅雷等等。这是经典的表象,即会有最优异的人不断地去译介和研究,也会有许许多多读者在不同的时代无一例外地去阅读和讨论这些著作。一个时代有一个时代的媒介与热闹,比如抖音、B站、小红书平台及其作品或视频。但不论热闹还是冷淡,一个时代或几个时代总有极少数流传下来的艺术,是将继续滋养一部分人类和一部分艺术的永恒经典。

经典能够经受得住各种外部理论的质疑和批评,而所谓的"名著名译",就是一种不再限于一国一民族的世界文学经典,是文学研究群落中的不二对象。以西班牙为例。西班牙以前就有这么一个"好人",人们称他为善人阿隆索·吉哈诺,他对每一个人都特别好,对世俗世界的人情世故的思考也十分有逻辑且温良。但是,我们并不认识他。我们只听过他发疯后给自己取的新名字——堂吉诃德·台·拉·曼却,并一道记住了跟他双生的扈从桑丘以及他幻想的爱人杜尔西内娅。

曾经在古罗马,在完成爱欲神话《变形记》(*Metamorphoses*,1-8)之后,诗人奥维德(Publius Ovidius Naso)写道:"时光只能消毁我的肉身,死期愿意来就请他来吧,来终结我这飘摇的寿命。但是我的精粹部分却是不朽的,它将与日月同寿;我的声名也将永不磨灭。"[①]人是会死亡的,但人性中存在着不朽的部分,这一部分可以通过诗来克服时间的侵蚀与必死的命运。莎士比亚对此已然有了"文的自觉":"当你在不朽的诗里与时同长。只要一天有人类,或人有眼睛,这诗将长存,并且赐给你生命。"[②]在诗性爱欲上,莎士比亚也再度改写并深化了奥维德、贺拉斯等的前人所遵从的诗人不朽理念,因为他说的是赐给所爱之人而非自己不朽的生命。当然,这一赐予的前提条件必定是诗人自信自己的诗歌和文学生命的永恒。只有这样方能保证"我的爱在我诗里将万古长青"[③]。故此,莎士比亚在文学自觉与文章不朽

---

① [古罗马]奥维德:《变形记》,杨周翰译,人民文学出版社1984年版,第224页。
② [英]莎士比亚:《莎士比亚全集》(六),朱生豪等译,人民文学出版社1994年版,第542页。
③ 同上书,第543页。

这一基础之上,更进一步地确证了诗与爱的同一性以及爱欲本身的永恒性。爱欲有很多种类,文艺作品也有很多种类,但最高的爱欲与最高的文学有着极高的相似度,因为那都是最高的人性之光,这种光一定是最具穿透力的。用查尔斯·泰勒(Charles Taylor)在《世俗时代》(*A Secular Age*)中的举证来讲:

> 也许我从你这里学会一种敞开的、给予的爱,而在这之前,我几乎不能有这种爱,甚至对这种爱的存在都想否认;它不在我的可能性地图上。或者再从更根本处着眼,我们两人已经抵达了一种爱,这种爱在本质上涉及分享与交流,而我们各自都不可能单方面拥有这种爱。对我们当中的每一方来说,这种爱在一定意义上就是另一方的礼物。我们可能要说,这种爱发生在我们"中间"(interspace),而不是存在于我们各自的内部。①

也许每个读者或有情人都有权利和能力做到拥有这种爱,但只有伟大作家可以在艺术中将爱与美融合在一起进

---

① [加]查尔斯·泰勒:《世俗时代》,张容南等译,徐志跃、张荣南审校,上海三联书店2016年版,第42页。

行创作。如此之多的阿隆索,如此之多的十四行诗,如此之多的西班牙语作品,所有以"我们"之名被铭记在心的,永远都是愁容骑士堂吉诃德,是莎士比亚的"玫瑰之名",是塞万提斯开创的现代小说。在比较文学与世界文学的名类下,青涩而考究的学者们常常将族裔、性别、边缘等概念与中心、经典置于对立或对应的位置,这是当今文学与文论界的一种现象,即将"政治正确"的姿态或审美意识形态过度应用于文艺鉴赏和批评之中。扩而论之,是不是可以用比如女性主义、后殖民主义、文化霸权、边缘人的权利等等来分析莎士比亚与塞万提斯等已然成势的经典?如果他们通过了上述批评理论的考验,就可以继续存在于这个世界上?一旦不符合这些新的规范或要求,就不配被称为经典或者大师?

三、纪恋玛赛拉并戴上曼布利诺头盔

诚然,以上理论的出现都有其客观实际与合情合理的缘由,当我们集中谈论文化研究特别是东方主义和后殖民主义的研究境况时,这一点会显得更加剑拔弩张。即便符

第一章　以后我是国王，你是总督

合或者不符合其中某一种理论或观念，难道就可以用它来代替一切评判标准尤其是审美或艺术的评判标准了吗？以塞万提斯的《堂吉诃德》为例，稍加辨析即可发现其中的征象与道理。塞万提斯很尊重女性，或者确切地说，他很尊重人性。在《堂吉诃德》第一部第十二章中，一群牧羊人向堂吉诃德抱怨，说有一位十四五岁的富豪女儿玛赛拉（原译为女字旁一个"拉"）十分美丽，许多人向她求婚，但她是个暂时的独身主义者，目前不想结婚。于是她就去做了牧羊女。然后，数不清的青年公子和富农家的儿子就装扮成牧羊人继续追她乃至崇拜她。叙述者贝德罗接着说道：

> 玛赛拉过着这种无拘无束的生活，在家的日子很少，简直不待在家里了。可是你别就此以为她有什么不规矩或不像样的事。她品行非常端重，追求她的许多人谁也没夸口说她给了自己半点儿如愿的希望，他们凭什么也不能这样夸口的。牧羊人去找她做伴，跟她谈话，她并不逃跑，也不躲避，总和和气气，以礼相待。谁要向她谈情，尽管是正经纯洁地求婚，她就像弹弓似的，把人家一下子弹得老远。她生就这种性情，在村上的祸害比瘟疫还大。她温柔美丽，和她相交就不

由得倾心相爱；可是她瞧不起人，说话又直率，叫人没法儿忍受。他们不知道怎样才能说动她，只好大声叹怨，说她狠心无情；这种话用在她身上很恰当。先生，你要是在这里多待几时，你有一天会听到山野里一片声都是追求绝望的人在怨恨叹息。附近有二十多棵大榉树，每棵树的光皮上都刻着玛赛拉的名字；有的名字上还刻着一只王冠，表示玛赛拉夺到了美人的王冠，全世界只有她配戴。那些牧羊人这里叹气，那里伤心；那边是热情的恋歌，这边是绝望的哀唱。有的彻夜坐在橡树或岩石脚下，一眼不闭地直流眼泪；早上太阳出来，他还在害相思失魂落魄。夏天有人中午在毒太阳底下，躺在滚烫的沙地上，连连叹气，向慈悲的上天诉苦。姣美的玛赛拉把他们一个个都颠倒了，自己却平平静静，无牵无挂。我们认识她的都想瞧瞧她骄傲一世，怎么下场，不知哪个有福气的男人能驯服这个厉害家伙，消受她的绝世美貌。[1]

"在村上的祸害比瘟疫还大。"读者会觉得贝德罗这么

---

[1] ［西］塞万提斯：《堂吉诃德》（上），杨绛译，人民文学出版社1987年版，第72页。

第一章 以后我是国王,你是总督

咒骂玛赛拉有些过分,说她害人也确实很不厚道。但这非常真实,不是吗?在下一个草率的评判之前我们要知道语境,知人论世。就在贝德罗向堂吉诃德讲述这个故事之前,青年格利索斯托莫去世了,所以亲近之人难免感到惋惜。但他们也有忠厚之处,因为他们能够客观描述玛赛拉的美貌以及她行事没有过错——没有钓着人、收礼物、暗示对方、拿了好处却不回报等等。(我们可以反观简·奥斯丁同样了不起的《理智与情感》中,当相反的情况和相反性别的处境发生时,简·奥斯丁是如何巧妙而智慧地处理后续情节的。)此外,这当然是叙事人贝德罗的一家之言,至于堂吉诃德,他听了感到非常有趣,并且没有下什么定断来表示附和。而桑丘又是另一种表现,他对别人讲的故事根本不感兴趣,只是嫌牧羊人啰嗦,影响他早睡早起。不过更精彩的还在后面,到了第十四章,众人哀悼伤心而死的青年格利索斯托莫,读了他绝笔的诗篇,突然"牧羊姑娘玛赛拉在墓旁岩石顶上露脸了。她相貌比传说的还美。没见过她的都凝望着她默默赞叹,见过的也惊诧无言"。但还是有人站了出来对她进行了谴责,玛赛拉随即进行了有理有据的反驳与自我辩护,这是《堂吉诃德》中关于女性、人格与尊严的一处绝妙的展现,值得全文摘录于下:

玛赛拉答道:"哎,安布罗修,你说的全不对,我是为自己辩护来的。有人把自己的烦恼和格利索斯托莫的死都怪在我身上,我要说说明白他们这来太没道理。各位请听吧:反正跟明白人讲理,只要一会儿工夫,几句话就行。照你们说:我天生很美,害你们不由自主地爱我;因为你们爱我,我就应该也爱你们。你们是这么说、甚至这么要求我的。我凭上帝给我的头脑,知道美的东西都可爱。可是不能就说:因为他爱你美,你就也得爱他。也许爱人家美的,自己却生得丑;丑是讨厌的。假如说,因为我爱你美,所以我虽丑你也该爱我,这话就讲不通了。就算双方一样美,也不能因此有一样的感情。美人并不个个可爱;有些只是悦目而不醉心。假如见到一个美人就痴情颠倒,这颗心就乱了,永远定不下来;因为美人多得数不尽,他的爱情就茫无归宿了。我听说真正的爱情是专一的,并且应当出于自愿,不能强迫。我相信这是对的。那么,凭什么只因为你说很爱我,我就该勉强自己来爱你呢?假如天没有把我生成美人,却生得我很丑,请问,我有理由埋怨你们不爱我吗?况且你们该想想,美不是自己找的,我有几分美都是上帝的赏赐,我没有要求,也没有选择。

第一章　以后我是国王,你是总督

譬如毒蛇虽然杀人,它有毒不是它的罪过,因为是天生的。我长得美也照样怪不得我。一个规矩女人的美貌好比远处的火焰,也好比锐利的剑锋;如果不挨近去,火烧不到身上,剑也不会伤人。贞洁端重是内心的美,没有这种美,肉体不论多美也算不得美。有人只图自己快活,费尽心力想剥夺意中人的贞操。贞操是身心最美的德行,一个美女难道因为男人爱她美,就该遂了他的心愿,不顾自己的贞操吗?我是个自由人,我要优游自在,所以选中了田野的清幽生活。山里的绿树是我的伴侣,清泉是我的镜子;绿树知道我的心情,洁泉照见我的容貌。我是远处的火,不是身边的剑。见了我的相貌对我有痴心的,听了我的话就该死心。我对格利索斯托莫或其他人——反正我对他们每个人都没有假以辞色,谁都没有理由痴心妄想。该是他执迷不悟害死了自己,不是我什么狠心。如果说他要求正当,我应该答应,那么我也有回答。他在挖坟坑的这里对我倾诉正当的愿望,我就对他说:我愿意一辈子独身,把我贞洁美丽的躯壳留给大地消受。我讲得这样明白,他还不死心,偏要逆水行船,他掉进地狱去有什么说的呢?假如我敷衍他,就是我虚伪了;假如我答应他,就违背了我高洁的心愿。我已经对他讲得透亮,他硬是不明白;我并没有嫌恶他,他自己伤心绝望。你们说吧,凭什么理把他的苦痛怪在我身上呢!他受了骗,才可以埋怨;我答应了他又赖,他才会失望;我勾引了他,他才可以空欢喜;我迎合了他,他才可以得意。他没得到我的许诺,没受我欺骗、勾引、迎合,怎么能骂我狠心杀人呢?老天爷至今没叫我爱上人,要我自投情网是妄想。但愿我这番表白对每个追我的人都有好处。大家请听吧:从今以后,如果谁为我死了,那就不是因为妒忌或遭受了鄙弃。一个人如果谁也不爱,不会引起妒忌;把话说得直接爽快,也算不得鄙弃。称我猛兽和妖精的,不妨把我当作害人的坏东西,别来理我;说我无情的别来奉承我,说我古怪的别来结交我,说我残酷的别来追求我。我这个猛兽、妖精、无情残酷的怪物,既不找你们、奉承你们、结交你们,也不用任何花样来追求你们。格利索斯托莫急躁狂妄,害死了自己,我幽娴贞静有什么罪呢?有人要我在男人中间保持清白,可是为什么不容我在山林里洁身自好呢?你们都知道,我自己有财产,不贪图别人的钱。我生性自由散漫,不喜欢拘束。我谁也不爱,谁也不恨。我没有欺骗这个,追求那个;没有把这个取笑,那个玩弄。我有自己的消遣:我和附近村上的牧羊姑娘们规规矩矩地来往,还要看管自己的羊群。我的心思只盘旋在这一带山里,如果超出这些山岭,那只是为了领略天空的美,引导自己的灵魂回老家去。"

她说完不等谁回答,转身就走进附近树林深处去了。大家觉得她的慧心不亚于她的美貌,都倾倒不已。有些人给她美目的光芒夺去魂魄,尽管听了她一番表白也没用,还想去追她。堂吉诃德看到这个情况,觉得正需要他的骑士道来保护落难女子了,他按剑朗朗地说:

"不论你们什么地位、什么身份,都别去追美丽的玛赛拉;谁胆敢去追,别怪我恼火!她已经把话讲得一清二楚:格利索斯托莫的死怪不得她,她并没有错。谁求婚她也不会答应。像她这样洁身自好的,全世界独一无二;所有的好人都该敬重她,不该追她、逼她。"[1]

这一女性形象早已溢出了中世纪骑士小说中的贵妇人模版,这里存在着堂吉诃德捍卫他者人格的骑士精神,还有

---

[1] [西]塞万提斯:《堂吉诃德》(上),第87—89页。

塞万提斯让群像对话的高超水准。玛赛拉令人想起荷马史诗《伊利亚特》中城墙上的海伦以及亚里士多德在《尼各马可伦理学》中对荷马这一段的赞誉,也使人理解为何钱理群在《丰富的痛苦:堂吉诃德与哈姆雷特的东移》中会念及玛赛拉的名字。玛赛拉思路清晰且不卑不亢,饶有逻辑地为自己的一生进行了有力的辩护。首先,人们常常爱美嫌丑,这是人的本能、常情。但是爱有单恋也有相互,不能因为这一个人爱另一个人,就非得要求另一个人也反过来爱这一个人。其次,美和爱究竟是不一样的,如果见一个美的就爱一个,那么这就是爱美而不是爱人了。爱情要求专一,这是西方文学从《奥德赛》《美狄亚》到《哈姆雷特》《堂吉诃德》不变的主题。

再次,美是天赋的,不是自己选择的。外表天生的美即便不是福赐至少也不是罪过。如果长得美但没有去招惹他人,那就没有勾引或虚伪。何况玛赛拉更强调内在美,也就是心灵的纯洁和自主,她明白自己想要过怎样的生活,只要她不欺骗或承诺另一个人,那么任凭对方是怎样的痴男怨女也是白搭,因为正当的自由意志不容侵犯。最后,玛赛拉阐明了自己的清白和生活方式之后拂袖而去,不必求得任何回应。可见玛赛拉虽美却不为美所役,她更美的地方在于她的心灵与思想。如果玛赛拉只是像哲学家一般罗列、推理和论证,那么小说就会跟人物形象一同僵化。反之,如果玛赛拉在阐述了自己的思考之后获得一片好评,那么小说依然会因为虚假的理想主义而堕入虚假的故事捏造的陷阱之中。塞万提斯的处理是智慧的,他让爱慕的接着爱慕,在沉浸于爱慕的男性群体中,佩服的更加佩服,痴狂的则更加痴狂。道理虽然讲清了,可是生活中的有些人并不会因为听见了道理就改变自己的做派。明白了这一点,玛赛拉或塞万提斯才算是洞察人性。

当然,其中也有一个人虽然谈不上改变自我但可以说看清了局势,那就是我们的骑士堂吉诃德。他毅然在玛赛拉已经不在场之后选择按着剑站了出来:"像她这样洁身自好的,全世界独一无二;所有的好人都该敬重她,不该追她、逼她。"也许也有人会怀疑在这般场合下玛赛拉如此长篇大论的可行性,难道没有人告诉玛赛拉或塞万提斯这番话太长了,不可能不被打断吗?这个时候,我们就要记住昆德拉在《小说的艺术》中对现代读者的告诫了,塞万提斯可没有跟读者签订非要如何符合小说叙事逻辑的契约。换言之,我们需要通过不断地回忆来提醒自己,是塞万提斯规定了现代小说,不是后来的现代小说规定塞万提斯应该如何行事。塞万提斯有条件让所有人都偶然地集聚在小酒馆里；托尔斯泰有条件把小说写成哲学论文的形式；陀思妥耶夫斯基有条件让一百页的内容凝聚在一分钟的心理活动之中；乔伊斯有条件让每一章换一种语言风格。因为是他们创造并超越了所谓的现实主义小说、现代主义手法、心理现实主义、意识流等等，后者是他们最称手的玩具，而他们可不是衡量后者的工具。

我们的骑士终于用对了一次他的骑士精神，玛赛拉事件里的堂吉诃德看起来并不癫傻，甚至似乎恢复了他原本的绅士模样——好人阿隆索·吉哈诺：逻辑清晰、是非分明、克制有力。而在这不久之前，他还是"大战风车"（也是他最闻名于世的标志性事件）的"发大癫"骑士堂吉诃德·台·拉·曼却。堂吉诃德的疯好像具有某种弹性——疯病机制不变，外力作用下发生形变的犯病"劲"度却时长时短。由于这种弹力公式，读者或许会产生和堂吉诃德同乡的好友贝罗·贝瑞斯硕士神父和尼古拉斯理发师类似的感受："虽然知道堂吉诃德发疯，也知道他发的是什么样的疯，可是每次听到他发疯的事，还不免惊奇"——譬如堂吉诃德赢得了"曼布利诺头盔"。曼布利诺头盔作为典型意象，首次出现于第十章：

第一章　以后我是国王,你是总督

堂吉诃德答道:"你这话很对,也说在骨节上。所以报仇的誓言就此作废了。可是我重新发誓声明:我一定要从不论哪个骑士头上抢过一只头盔来,要和我这只相仿,而且一样好;这件事没做到,我就永远照我刚才说的那样过日子。桑丘,你别以为我随口乱说,我是确有依据的。从前为了曼布利诺的头盔出过一模一样的事,萨克利邦泰就为它吃了大亏。"①

古法语传说中的曼布利诺(Mambrino)是一位虚构的摩尔国王,他有一只魔力头盔,由纯金制成,可使佩戴者刀枪不入。后来意大利诗人博雅铎(Matteo Maria Boiardo)的《热恋的奥兰多》(*Orlando Innamorato*)与阿里奥斯托(Ludovico Ariosto)的《疯狂的奥兰多》(*Orlando Furioso*)更进一步将其融入(骑士)文学之中,同时将法国的罗兰带入奥兰多的意大利与西班牙。诗中的曼布利诺头盔在堂吉诃德眼中象征着无可替代的骑士"必出"装备,或者说在塞万提斯眼中象征着与骑士相关的一种必要文学引用。不论是否凑巧——《热恋的奥兰多》是第一首结合亚瑟王和加洛林罗曼司传统元素的诗歌,为正在衰落的骑士史诗带来了新

---

① [西]塞万提斯:《堂吉诃德》(上),第59—60页。

的生命——曼布利诺头盔之于堂吉诃德或许正如《热恋的奥兰多》之于骑士史诗,它助他开启了新的骑士生涯。同样,堂吉诃德在亲手埋葬骑士文学的同时助骑士梦想成为不朽的小说和人文理念。

堂吉诃德因为和比斯盖人恶战导致自己半边铠甲连带一大块头盔和半只耳朵被砍掉。要继续做一名守行规的骑士,他得重新弄一只头盔,即小说第一部第二十一章中别村的理发师的那只铜盆:"这小村子里有个病人要放血,又有个人要剃胡子,理发师就带着铜盆到小村子里去。他去的时候恰巧下雨,他的帽子大概是新的,怕沾湿,所以把盆顶在头上。那盆擦得很干净,半哩瓦以外都闪闪发亮。"在堂吉诃德眼里,这个顶在头上的闪亮闪亮的东西就是"曼布利诺的头盔"。然而为这只头盔吃了大亏的是达狄耐尔·台·阿尔蒙德(Dardinel de Almonte),并不是堂吉诃德所讲述的那一位萨克利邦泰——此细节又瞬间给堂吉诃德的骑士精神注入了一种牛头不对马嘴的谬妄感。需要特别注意的是,早在夺得铜盆之前,堂吉诃德就已经将自己的第一只头盔视为曼布利诺头盔。小说第四章描写堂吉诃德第一次出行时,曾拦住一伙托雷都商人的去路,要求他们承认自己的心上人杜尔西内娅是天下第一美人。其中一个爱开玩笑的商人却提问道:"绅士先生,我们不知道您刚才说的那位美人儿是谁,您且让我们瞧瞧吧。如果她真像您说的那么美,您要我们承认的就是事实,我们不用强迫,都甘心承认。"而堂吉诃德回答:"我要是让你们瞧见了,我说的就是明摆着的事,你们承认了有什么稀罕呢?关键是要没看见就相信,死心塌地地奉为真理,坚决卫护……"堂吉诃德从未在生活中见过真正的骑士,但对关涉骑士道的一切,盔甲、头盔、马以及意中人,他抱有的虔诚正如时人从未见过上帝但绝对信任那般。在塞万提斯笔下,不是戴上了所谓的曼布利诺头盔,堂吉诃德才成了骑士,而是堂吉诃德使装有硬纸面甲的顶盔、铜盆、各种长得像头盔的物件都变成曼布利诺之盔。

事实上,"曼布利诺头盔"刀枪不入的魔法从未显灵,但它的确施展了一种魔力——将堂吉诃德周围的正常人拽入以他为轴的发疯游戏中,首当其冲的自然是桑丘:

> 他还讲,等他从杜尔西内娅·台尔·托波索小姐那儿带了好消息回去,他主人就要设法谋做大皇帝,至少也做个国王。这是他们商量好了的事。凭他主人的人才和勇力,这是很容易办到的。他主人成功之后,就

要为他桑丘完婚。到那时候,他少不了已经成了鳏夫了。他主人就把伺候皇后的宫女配给他做老婆,那宫女还承继了大片肥沃的田地,那是在大陆上的,不是什么海岛河岛;海岛他现在不稀罕了。桑丘一面讲,一面只顾抹拭鼻子,他的神情是那么正经,头脑又是那么简单,更使神父和理发师惊奇不已。他们想不到堂吉诃德疯得这么厉害,把这个可怜家伙也拖带得疯了。①

他们更想不到自己转眼也跟着发起疯来:

> 神父想出一个办法,既配合堂吉诃德的脾胃,也能完成他们的计划。他一一告诉理发师。他打算乔装打扮成一个出门浪游的少女,叫理发师尽可能把自己扮成少女的侍从,然后两人跑到堂吉诃德那里去。少女假装遭了苦难,向堂吉诃德求助,堂吉诃德既是勇敢的游侠骑士,少不得答应她。她提出要求,她到哪里,也要堂吉诃德跟到哪里,只说她受了一个坏骑士的侮辱,请堂吉诃德替她雪耻;还请他别要求她除下面罩,

---

① [西] 塞万提斯:《堂吉诃德》(上),第198页。

第一章　以后我是国王,你是总督

也别探问她的身世,等为她雪耻复仇之后再说。神父拿定堂吉诃德会吃这一套。这样就可以哄他出山,把他带回家乡;到了家乡,他们就可以设法医治他那古怪的疯病。①

"该配合你演出的"幻想渐次侵入小说中的现实(这似乎与卡尔·施米特的《哈姆雷特还是赫库芭:时代侵入戏剧》恰好相反)。直到第一部第四十六章,"理发师的铜盆事件"才算画上句号,然而性质相似的还有第二部的"镜子骑士事件""白月骑士事件"……疯病仿佛成了一种无远弗届的传染病。这些正常人陪堂吉诃德发疯的目的都在于将他带回拉·曼却的村里治好疯病,然而热心的帮助——同时组成了他遇到的各种田园牧歌主题故事的一部分——却反过来加固了堂吉诃德对幻想的骑士世界的确定。

在《堂吉诃德》第二部中,塞万提斯让小说进入西班牙的现实。堂吉诃德与桑丘发现自己的故事被写作了小说(也就是塞万提斯本人创作的《堂吉诃德》第一部),于是他们成了名流,声名得到了远扬,甚至有人模仿第一部《堂吉

---

① [西]塞万提斯:《堂吉诃德》(上),第199页。

诃德》而"虚构"了一部续集,歪曲了堂吉诃德与桑丘的行为,这让堂吉诃德与桑丘非常不满,因为他们实际上没有做过那部别人写的续集中的任何事情。但因为他们是名人,所以也很难阻止人们对第一部小说的各种评价以及对第二部虚构的对号入座。虚虚实实,一方面在现实中,塞万提斯也遇到了有人续写他的小说,所以他赶忙撰写第二部《堂吉诃德》;另一方面,在小说第二部之中,堂吉诃德与桑丘便在一部"真实"、一部"虚构"的小说造成的舆论下继续生活和冒险,甚至还遇到了他人续写的《堂吉诃德》第二部中的冒牌角色。小说中的大多数人物对堂吉诃德的惩恶扬善基本上无动于衷,关注的只是他和桑丘的种种荒谬举止以及闹出来的笑话。一边是骑士身份自居的堂吉诃德,坚持打抱不平,使在现实生活中无法实现的公正在他这位疯癫的虚幻骑士处反而得到了弥补。另一边哪怕是作为英雄或者反英雄的堂吉诃德,也早已变成布尔斯廷(Daniel J. Boorstin)在《幻象》(*The Image: A Guide to Pseudo-Events in America*)中称谓的名人与幻象。《堂吉诃德》实在是于更早之前就穿越了虚实之间的结界,揭露了现代流行文化研究中蕴含的"造星"运动、观光景点、品牌广告、刻板印象、文学改编等等现象的本质。小说侵入现实铸就了真正的骑士精神,现实却沉醉于幻象不管不顾真相本身。

回到玛赛拉(因为我们这里谈到了性别、族裔、边缘),即便塞万提斯写的(他也确实写了的)是其他类别的女性形象,也并不会影响他的文学地位与价值。因为他已把握了人性的种种表象和色彩背后的动因和实体,然后才表现各种侧面的、会变的样式(modus)。低俗作家的人物形象千篇一律,高超作家的人物形象包罗万象。塞万提斯对傅姆侍女、公爵夫人、桑丘妻女、酒店老板娘的刻画都十分鲜活且极为不同。同样,曹雪芹、乔伊斯、莎士比亚也都不约而同地做到了这一点。对人性尤其是女性形象的多元化展现是对一名小说家人文修养的基本考验,更是大作家要成为经典所必须跨越的一道门槛。玛赛拉是独身而自尊之人,但更多人理所当然是追求爱情而自尊之人。自尊是独立性格的基本要素,不过放在小说中来讲,如果能刻画出没有自尊或没有主体性的人,也是一种同样重要的水准,关键还在于该形象立不立体。在塞万提斯和莎士比亚的作品中,许多女性已经有了非常强烈的主体性,她们能够主动追求自己想要的爱情和生活方式。这无疑是对古典文学中欧里庇得斯和奥维德等先驱的开创性继承,也是关乎中世纪和文艺复兴以来女性心理的现实回声。

四、还是莎士比亚与塞万提斯

随着1616年4月23日莎士比亚和塞万提斯的离世,文艺复兴走向了终结。也正是在他们离世的十几年前,文艺复兴借用他们的手攀到了巅峰,他们既发现了人性中最黑暗的经验,也选择了相信人性中最美好的光辉。他们的文学最充分、最完美地印证了罗曼·罗兰在《米开朗基罗传》(*Michelangelo*)序言中的那句话,傅雷的翻译为:"世界上只有一种英雄主义:便是注视世界的真面目——并且爱世界"。

英国文学的黄金时期在莎士比亚的戏剧中道成肉身。随后的几百年,叙事文学的一把手便经由塞万提斯的《堂吉诃德》从戏剧转向了小说。与具有决定性文学意义的莎士比亚同年同月同日去世的塞万提斯,他的作品虽然只有《堂吉诃德》一部至今仍为人所捧读,但经典就在于质量而不是数量。罗伯特·古德温(Robert Goodwin)在《西班牙:世界的中心,1519—1682》(*Spain: The Centre of the World 1519—1682*)中曾写道:

> 2002年,在奥斯陆的诺贝尔研究所,出生于尼日利

第一章 以后我是国王,你是总督

亚的作家本·奥克瑞向满是文学界名流的听众宣读了史上最重要的100部虚构文学作品的评选结果。这100本书是由全球最受推崇的100名作家投票选出的。包括诺曼·梅勒、纳丁·戈迪默、米兰·昆德拉、多丽丝·莱辛、奈保尔和苏珊·桑塔格在内的作家都只挑选了一本书特别提及,那就是《堂吉诃德》,"有史以来最好的文学作品"。他们的观点有数据为证:《堂吉诃德》是文学史上除《圣经》之外被翻译成最多语种、出版次数最多的作品。《堂吉诃德》上卷于1605年在马德里首次出版;1605年结束前又有了第二版,1608年还有另一版;到1612年《堂吉诃德》上卷已经在巴伦西亚、里斯本、布鲁塞尔和安特卫普出版了9版。被奉为经典的托马斯·谢尔顿英译本于1612年出版,而第一个法译本也于1614年问世。而《堂吉诃德》的版本还在不断增加。在17世纪的英格兰,堂吉诃德的故事几随处可见:在舞台上、版画中、歌曲中、印刷品中、绘画中、纺织品上;甚至有一种流行的舞蹈就叫"桑丘·潘沙",取名自堂吉诃德那位学识丰富的农民同伴。如果没有《堂吉诃德》,18世纪英格兰虚构文学发生的伟大革命将是不可想象的。1729年,年仅22岁的亨利·菲尔丁写下了剧本《堂吉诃德在英格兰》,到1742年,他依然对《堂吉诃德》无比痴迷,在《约瑟夫·安德鲁斯》的扉页上,他写道:这是"模仿塞万提斯的风格创作的"。约翰·德莱顿曾说,弥尔顿《失乐园》中的撒旦身上有几分堂吉诃德的影子。《堂吉诃德》是塞缪尔·约翰逊最爱的三部小说之一,另外两本是《天路历程》和《鲁滨孙漂流记》,如果约翰·班扬和丹尼尔·笛福不是塞万提斯狂热的读者,那这两本书也不会诞生。赫尔曼·梅尔维尔在《白鲸》中也融入了塞万提斯的元素,而我们在马克·吐温的日记中可以知道他写《汤姆·索亚历险记》和《哈克贝利·费恩历险记》的时候一直在读《堂吉诃德》。《堂吉诃德》的影响还远不止这些:保罗·奥斯特在《纽约三部曲》中,萨尔曼·鲁西迪在《午夜之子》中,都公开向他们的文学英雄表示了致敬。这还不算它对其他语言文学的巨大影响,特别是西班牙语言文学:路易斯·博尔赫斯、加西亚·马尔克斯、巴尔加斯·略萨、伊莎贝尔·阿连德,都是读着塞万提斯的作品成长起来的。①

---

① [英]罗伯特·古德温:《西班牙:世界的中心,1519—1682》,蔡琦译,九州出版社2023年版,第248—249页。

第一章　以后我是国王,你是总督

只有大师能够造就大师,除了第一位大师荷马之外,西方文学经典之中无其他例外。在诺兰的电影《奥本海默》中,我们看到了奥本海默对博学的热情,他在荷兰学荷兰语并用荷兰语演说物理学,关心人类故而阅读马克思德语原著,一边谈恋爱一边读弗洛伊德和荣格,学梵语以便阅读古印度宗教哲学经典《薄伽梵歌》等等。事实上,奥本海默对核武器的思考正可以对比热兵器最早的产生。在《堂吉诃德》上部第三十八章中,堂吉诃德对火炮发明的思考正可呼应《奥本海默》电影的主旨,而这又可与轴心时代中国道家或属于另一种东方文明的印度《薄伽梵歌》形成联盟。当然,谈得最好、谈得最多并且用文学形式呈现关于族裔、性别、异教、边缘群体等相关话题,同时不失共情与审美的天才直觉者,还是要属塞万提斯、莎士比亚、乔伊斯、普鲁斯特、杜甫这样的核心经典写作者。而就西方正典而言,哈罗德·布鲁姆(Harold Bloom)在《西方正典:伟大作家和不朽作品》(*The Western Canon: The Books and School of the Ages*)的两处是这样谈论塞万提斯与《堂吉诃德》的:

> 我们对塞万提斯其人所知道的要比对莎士比亚多,但无疑我们还要对他多加认识,因为他的生活既多

彩又艰辛，而且他还具有一种英雄气质。莎士比亚是在经济上获得了巨大成功的剧作家，他去世时是一位富人，他对社会地位的雄心（就像当时那样）也获得了满足。而塞万提斯虽然因《堂吉诃德》而名满天下，却拿不到分文版税，也没有获得什么赞助。他除了要养活自己和家庭外别无什么雄心大志，他的剧作家生涯则是个失败。他的才情不在写诗，而体现在《堂吉诃德》之中。作为莎士比亚的同时代人（据认为他们死于同一天），他与莎氏都具有天才的普遍性，他可以说是西方经典中唯一能够媲美但丁和莎士比亚的人。

人们会因为他和莎士比亚及蒙田都是智慧型作家而将三人相提并论。除了莫里哀，再没有第四人如他那样清醒、温和及善良，从某种意义上说，他是蒙田再世，不过是在另一种文体中。在某一方面，只有塞万提斯和莎士比亚可以高居荣耀的顶峰；他们总是走在你之前使你无法超越。

塞万提斯和莎士比亚都是多重复杂的：它包容我们，涵括我们之间千差万别的变化。堂吉诃德和桑丘都很聪敏，尤其当我们将二人一起看待时更是如此，正

第一章 以后我是国王,你是总督

如智慧和语言艺术是福斯塔夫、哈姆莱特以及罗瑟琳等人的特征。在全部西方经典中,塞万提斯的两位主人公确实是最突出的文学人物,(顶多)只有莎士比亚的一小批人物堪与他们并列。他们身上综合了笨拙和智慧,以及无功利性,这也仅有莎士比亚最令人难忘的男女人物可以媲美。塞万提斯如莎士比亚一样使我们自然化了:我们再也不能看出是什么因素让《堂吉诃德》具有如此永久的原创性和莫测的陌生性。假如在最伟大的文学之中仍能找到人世游戏,那么舍此无他。①

在最初撰写本文的时候,我误将标题写作了"堂吉诃德《塞万提斯》",这真是一个不大不小的笑话。塞万提斯不是堂吉诃德,除非他自己像福楼拜那样说的时候才是唯一例外。不过要是真问到塞万提斯的话,他或许会告诉我们,他既是堂吉诃德又是桑丘,或者换句话说:从今往后,我若是国王,你便是总督。不不不,现在我就是国王,你就是总督。

小说开始了。

---

① [美]哈罗德·布鲁姆:《西方正典》,江宁康译,译林出版社2015年版,第105、122—123页。

第二章　您是我唯一的朋友，这里只有您一个人爱我

——陀思妥耶夫斯基的《穷人》

"我不喜欢陀思妥耶夫斯基。"如果有人说不喜欢托马斯·曼、詹姆斯·乔伊斯、马塞尔·普鲁斯特，那并没有什么打紧的。如果有人说不喜欢昆德拉、古尔纳、余华，那么他甚至还能得到某种与口味相关的赞誉。哪怕有人说不喜欢荷马、但丁、莎士比亚、歌德，这也算不了什么大事，对于当代人而言，他们无非都是一些"老东西"罢了。要是有人说不喜欢柏拉图、黑格尔、海德格尔，那么他几乎掌握了"政治正确"的标准答案。可是如果有人说不喜欢陀思妥耶夫斯基，那请最好想想你说的是什么意思。

"陀思妥耶夫斯基么流行我懂，莎士比亚还有人读我真不懂。"一位某大毕业后进入某院工作的、研究某国某代文学的师姐如是说。"为什么哈罗德·布鲁姆不在《西方正典》里写陀思妥耶夫斯基而要写托尔斯泰?"一位优秀的山

第二章　您是我唯一的朋友,这里只有您一个人爱我

东大学本科生同学发自内心地提问。如果把陀思妥耶夫斯基和村上春树放在网上投票,那么喜爱后者的人一定会远超前者吧?!几年前村上更火一些的时候,一位仁师如此设想道。有谁不喜欢陀思妥耶夫斯基或者不拿他进行举例的吗?似乎没有。我得承认,我个人是喜爱陀思妥耶夫斯基的,这是投名状,也是真心话。

这时,有一位刺头先生站了出来,他开始连珠炮似的发话了:

> 在我所有的课上,我切入文学的唯一视角就是我对文学的兴趣——也就是说,从艺术的永恒性和个人天才的角度来看。就这一点而言,陀思妥耶夫斯基算不上一位伟大的作家,而是可谓相当平庸——他的作品虽不时闪现精彩的幽默,但更多的是一大片一大片陈词滥调的荒原。

> 然而,我要谈论的是一批真正的伟大的艺术家——对陀思妥耶夫斯基的批判正是在这个高度上展开的。我实在算不上一个真正的学术型教授,所以很难讲授我自己并不喜欢的课题。我一心想拆穿陀思妥

耶夫斯基。但我意识到,对于那些读书不多的读者来说,他们也许会对这种批判暗含的价值观感到困惑。

与此同时,陀思妥耶夫斯基产生了极大的文学虚荣心,他非常天真,举止缺乏修养,礼节方面尤其欠缺,所以在和新结交的朋友与崇拜者的交往中,陀思妥耶夫斯基表现得像个傻瓜,最终完全破坏了自己和他们之间的关系。屠格涅夫把他比作俄国文学这个鼻子上新长出的一颗粉刺。

陀思妥耶夫斯基有很多方面让人难以恭维,例如,缺乏品味,处理人物方式单调,个个都有前弗洛伊德情结,沉溺于描写人类尊严所承受的种种悲剧不幸。我本人不喜欢这种让他的人物"在罪恶中走向耶稣"的耍宝写法,而一位俄国作家伊凡·蒲宁对此有更直率的评价:"张口闭口都是耶稣。"正如我毫无欣赏音乐的能力一样,很遗憾我也不懂得如何欣赏陀思妥耶夫斯基这位预言家。[①]

[①] [美]弗拉基米尔·纳博科夫:《俄罗斯文学讲稿》,丁骏、王建开译,上海译文出版社 2018 年版,第 117、119、124 页。

第二章　您是我唯一的朋友,这里只有您一个人爱我

差不多了,在文学品味上、价值观念上、人格修养上、写作技法上,陀思妥耶夫斯基受到的这位非"真正的学术型教授"的批判已然达到了面面观的维度。这些批评可比威廉·毛姆的尖嘴利舌要全面深入得多,毕竟毛姆在《巨匠与杰作》(Ten Novels and Their Authors)中对司汤达、巴尔扎克、陀思妥耶夫斯基、托尔斯泰等大家的嘲弄只不过是对圣伯夫(Charles Augustin Sainte-Beuve)传记式评论的拙劣而尖刻化的模仿罢了。对于毛姆讨论的巨匠甚至毛姆本人,我们只需一句不可"因人废言"就足以带过了。但是对于上面这位重量级的"非专业"文学批评家,读者们尤其是"陀蜜"们还得慎重应对,毕竟,他有理有据,而且,人家可是大作家弗拉基米尔·纳博科夫啊。

一、"而且我的思想也那么怪,
仿佛它们也在痛似的"

陀思妥耶夫斯基的《穷人》(Бедные люди)发表于 1846 年,那一年他 25 岁。这时的托尔斯泰还只有 18 岁,正准备退学离开喀山联邦大学,因为那里的老师们都说托尔斯泰

既不好学也没有能力学。与此同时,陀思妥耶夫斯基则在交稿当晚睡卧不安,他反复暗示自己:"他们会嘲笑我的《穷人》。"结果在凌晨四点,出版人闯进了他的房间,对他进行了一通啄木鸟式的狂吻,因为他们爱死这篇小说了:"他睡着了又有什么关系,这可比睡觉重要得多。"

当时文学界赫赫有名的涅克拉索夫、格里戈罗维奇、瓦列里昂·迈科夫、别林斯基等人都为这部处女作所折服了。从将近两百年后的今天算起,再过不了一百年,除了别林斯基之外的以上所有俄国名家都将因为这本《穷人》而非任何其他事件得以留名于世。然而,这并没有从根本上改善而只是强化了陀思妥耶夫斯基原有并将常常保有的生活状态尤其是心理状态。正如《穷人》中的男主人公马卡尔·阿历克谢耶维奇·杰武什金的自述那样:"您也许不喜欢这样的话题,而我回忆起来也并不那么轻松,特别是现在:天渐渐暗下来,捷列扎忙着干什么,我头痛,背也微微有些痛,而且我的思想也那么怪,仿佛它们也在痛似的,今天我心里闷闷不乐,瓦连卡!"①

---

① [俄]陀思妥耶夫斯基:《穷人》,磊然译,人民文学出版社2021年版,第17页。

第二章　您是我唯一的朋友,这里只有您一个人爱我

在俄语中,"穷"和"可怜"有同一个词可以指代,即 бедные,它是 бéдный 的复数形式。英语中的 poor 大抵可以对应这个词,但无法传达俄文书名的复数含义,要是将书名翻译成"穷苦的人们"或许在意义上会更贴切,但实在有失隽永。此后的陀思妥耶夫斯基还将经历生活和思想上的剧变,如从西化、欧洲化到信仰基督教再到俄罗斯民族主义、斯拉夫文化优越论、希腊东正教并且反社会主义、反自由主义……始终矛盾。到底他跟托尔斯泰谁更不能自圆其说?而这该死的逻辑上的自我矛盾又在他二人笔下雕刻出完美的悖论和张力。他将继续使各类穷苦的、可怜的、令人心疼发慌的、我们中国人的俄国亲戚们"劳役"出一座又一座文学金字塔:《双重人格》《白夜》《地下室手记》《被侮辱与被损害的人》《死屋手记》《罪与罚》《赌徒》《白痴》《群魔》《卡拉马佐夫兄弟》……不是没有人写过如此悲惨的群像,法国有巴尔扎克,英国有狄更斯,但陀思妥耶夫斯基将他们臻于完善的现实主义推到了另一重境地:心理的、病态的或更文学的现实主义。斯蒂芬·茨威格将这三人并为《三大师传》(*Drei Meister: Balzac-Dickens-Dostojewski*)可谓事出必然。

自然,心痛之人不是在陀思妥耶夫斯基这里才开始心痛

的,他也有他的源泉,不仅来自现实,也同样来自文学,如果不是更重要的话。巴尔扎克的《欧也妮·葛朗台》就是他的法国先驱,陀思妥耶夫斯基也正在前一年(1844年)翻译并发表了巴尔扎克的这部作品。12世纪阿伯拉尔(Pierre Abélard)与爱洛依丝(Héloïse d'Argenteuil)的书信则无疑是更早的情书启发。伟大的俄国文学传统影响自然更加直接,在深受这一影响的陀思妥耶夫斯基与托尔斯泰这对双子星之后,也就有了俄国文学黄金时代后的大部头长篇小说传统。卡拉姆津(Николай Михайлович Карамзин)的《可怜的丽莎》(Бедная Лиза)在标题名、书信体、感伤性三方面都暴露了它与《穷人》的联系;果戈理的《外套》(Шинéль)无疑是《穷人》与《双重人格》(Двойник,副标题为 *Петербургская поэма*,即"彼得堡之诗")的理念渊源;普希金的《驿站长》(*Станционный смотритель*)开启了同情式描写底层小人物的主题先河。陀氏受到他们的影响一定是深远的,关于他更多作品的更多文史思背景,可以参看约瑟夫·弗兰克(Joseph Frank)耗数十年之功撰成的《陀思妥耶夫斯基:作家与他的时代》(*Dostoevsky: A Writer in His Time*)这部大著。

二、"小说是一派胡言,是写给闲着没事干的人读的"

小宝贝,瓦尔瓦拉,阿历克谢耶芙娜!您的马卡尔·杰武什金在8月1日的信里写了这通话,并且认为书上面"尽是无稽之谈":"请相信我,小宝贝,相信我多年的经验,要是他们向您提起什么莎士比亚,说什么你看,文学界就有莎士比亚,那么,莎士比亚也是一派胡言,这一切都是地道的一派胡言,一切只是写来诽谤人的!"

唉,可怜的人们,陀思妥耶夫斯基的书名指向的是互相通信的男女主人公;指向的是出租屋的邻居们,这些邻居们没有巴尔扎克笔下巴黎的那些邻居们那样堕落和阴险,所以"活该"受更重的苦;指向的是一边要读书、想读书(只是纯粹意义上的看书,不是上学意义上的读书,因为后者在大多数情况下不算看书,而是看书的反面),可是但凡读到与自己悲惨经历类似的情境时或读到自己难以认可的价值观时会无能狂怒的低俗经验主义者们。

小说《穷人》中人们的可怜不只来自物质的贫穷,他们也受苦于内心的孤独、精神的贫瘠、环境的压抑、爱情的阻难等等。心理活动的生动刻画加上这一层面的灵魂考察，二者的交错方可表现更完整的陀思妥耶夫斯基的那种"心理现实主义"，正如鲁迅在《集外集》中的《〈穷人〉小引》一文所说的："相传陀思妥夫斯基不喜欢对人述说自己，尤不喜欢述说自己的困苦；但和他一生相纠结的却正是困难和贫穷……他知道金钱的重要，而他最不善于使用的又正是金钱……在甚深的灵魂中，无所谓'残酷'，更无所谓慈悲"。又是"残酷"，这个纳博科夫闻之色变的语汇，无怪乎他对塞万提斯与陀思妥耶夫斯基如此不满。

陀思妥耶夫斯基是挺残忍的，他不仅残忍还极端，但他书写的残忍与极端本身并不是目的，是为了洞悉精神、开创文学、挑战读者——纳博科夫就受到了这一强烈的冲击，宫崎骏则是考验当代读者的艺术大师。这世上充斥了许多以残酷或极端本身作为卖点的产品，可是浮夸与献世是不具有审美情感价值的，它们都长久不了。除了《提图斯·安德洛尼克斯》(*Titus Andronicus*)，它将与莎士比亚的其他作品永久锁死，并且在互文本性上充分彰显血腥与情色之外的内在文学性。《穷人》作为陀氏的早期作品与《提图斯》一剧也有这一相类之处。在《穷人》中，太多挑衅和实验走向了文学的成功，这是天才独享的权利，也是在生活中面对不

第二章　您是我唯一的朋友,这里只有您一个人爱我

可解纠纷的奥秘,从莎翁的《驯悍记》《威尼斯商人》《亨利五世》到宫崎骏的《起风了》《崖上的波妞》《你想活出怎样的人生》,这六部剧格外适用。指东打西、隐微书写、似无似有、虚灵不昧。

比如,磊然翻译的《穷人》属于人民文学出版社的"陀思妥耶夫斯基中篇心理小说经典"系列,该系列的编者赵桂莲在正文前的"揭示人之奥秘的'最高意义上的现实主义者'"一文中提到杰武什金的语言风格非常具有个性特点,同时引起了读者和评论家的一些疑惑和诟病,特别是两点:一是啰唆话多,陀氏的很多人物将会遗传之,哈姆雷特和堂吉诃德早就有这个毛病;二是小词或者说指小词冗余,"指小表爱"是俄语传统,但杰武什金在书信里用了太多太多语气词和上百个指小表爱的词语,如"小天使""小宝贝""小花""小子宫"。其实"小子宫"通常用于对年轻女性的"爱称",但满篇的"小子宫""亲爱的小子宫"还是让同时代的读者感到生理不适,故赵桂莲也提示这导致了磊然没有如此直译这样的词汇。

《穷人》这部书信体小说由31封男主人公书信和24封女主人公书信所组成。正如柏拉图和莎士比亚乃至柯南·道尔的那些经典一样,优秀的作品从不会开头就机械地交

代完人物背景与时间、地点,对自己负责任的读者必须亲自从文本之中层层剥开内涵的蛛丝马迹。从马卡尔6月12日的书信自述中可以发现,小说男主人公马卡尔·杰武什金作为低微的抄写员已经在枯燥公文中度过了近三十年时光,而他是在17岁时开始入职的,也就是说他今年约46岁。至于女主人公瓦尔瓦拉·多布罗谢洛娃(瓦连卡、瓦·多)的年龄则较为明显,她只是一位十几岁的少女。从杰武什金的第二封信(4月8日)中可以看出,他称"小宝贝"为"我的亲人",又自称"老头子",而且明确说道"鼓舞着我的是父爱,那完全是纯粹的父爱"。如果真的只是后天的父爱,那么陀氏的故事就不会引起太大的争议,但也会变得浅薄。简言之,对于陀氏来说,这种爱必须不只是父爱,又绝不是洛丽塔式的爱。爱有那么复杂的特性吗?难道除了糟老头"馋"小女子或者父亲爱女儿之外还可以有更深刻而纠结的解读吗?在陀思妥耶夫斯基的认知中是有的,并且对于他来说,爱不论贫富、不论美善还是丑恶,在每个人身上都是如此繁复地在血脉里纠缠着的。(米嘉啊!Mitya!)

俄文名杰武什金来源于девушка,意为姑娘,象征着贞洁与天真;多布罗谢洛娃(Добросёлова)一词则由"善良、好"与"乡村"二词结合以成。陀思妥耶夫斯基早已将二人的秉

第二章　您是我唯一的朋友,这里只有您一个人爱我

性镌刻在了男女主人公的姓名之中。《穷人》的老男少女模式恰可与巴尔扎克的《贝姨》(*La Cousine Bette*)在贫富与性别等多方位上进行对照。《贝姨》中的老男人于洛男爵、花粉商人斯特凡先后包养了歌女玉才华、女戏子贞妮·凯婷、终极"蛇女"玛奈弗太太。以年芳二十多岁的玛奈弗太太为代表的年少女子则充分地、老巴黎式地利用了他们的色欲为自己谋私利,不惜害得对方丧财丧家。《穷人》的男女主人公看似类似的模式却镜像般地以贫穷、可怜,另外还有对文学的情感寄托作为维系两人之间真情实感的主要元素。但两人的感情却如"白夜"(Белые ночи)一般看似漫漫却终不能持久。随着多布罗谢洛娃最终放弃对文学的兴趣而转投向"贝姨式"的、寡廉鲜耻的老男人贝科夫先生,陀氏的《穷人》也在此走出了感伤小说的范畴,与理查逊的巨著《克拉丽莎》(*Clarissa: Or the History of a Young Lady*)背道而驰,宣告追随了果戈理和普希金的俄国小说群英史传,或者更广义地说,可被封入伟大的19世纪浪漫主义与现实主义小说传统之列。我们当然知道,后期最厌恨西方思想的是陀思妥耶夫斯基,同时,俄国文学中最西化的也是陀思妥耶夫斯基,外加帕斯捷尔纳克(建议大家一定要读《人与事》中1957年《新世界》杂志五名编委写给

帕斯捷尔纳克的退稿信)。

虽然口口声声宣传"小说是一派胡言,是写给闲着没事干的人读的"乃是杰武什金,可最后抛弃或不得不放弃文学生活的却是"小宝贝"瓦连卡。促成这一局面的则是两人共同的自我以及社会环境。如果我们只怪罪社会环境,那未免太过卢梭主义了;如果我们只怪罪这两个可怜人或者其中的一个,那也实在是有点冷血和站着说话不腰疼了。从瓦·多4月25日的信中可得知,瓦连卡是靠杰武什金周济过的,在父亲死后,曾寄居其家中的远亲安娜·费奥多罗芙娜还不断地跟踪她,对她精神洗脑:安娜·费奥多罗芙娜才是她的近亲,杰武什金只是没有资格攀亲戚的远亲。安娜·费奥多罗芙娜之所以如此供她母女吃喝,给她们"无偿"救济与花费,跟瓦连卡努力"沾亲带故",当然不是因为真心对远房亲戚好,而是为了有朝一日能把小女主人公卖给贝科夫先生,赚一笔大的。这无疑是长线人贩子和"会员制"老鸨的惯常行径。身处在这样精神压迫的环境下,还只是小姑娘的瓦连卡压力巨大,幸得杰武什金的帮助与安抚,寻求到了生的慰藉。奈何杰武什金也是一个卑微而胆怯的"小人物"。他知道"喝茶是为了别人"(4月8日),但还是要为了派头而花钱,又喝茶又放糖。他明白

第二章 您是我唯一的朋友,这里只有您一个人爱我

自己文采不好,叹息自己因为穷而没学习多少,陀氏仿照的杰武什金的书信文风就是这般磕磕绊绊、絮絮叨叨,极为写实。

到了6月1日,瓦·多翻出了还是自己从"一生中幸福的时候开始写的"笔记本传送给了杰武什金,从她写完最后一行的时候算起,瓦连卡说自己"已经老了一倍"。岁月催人老,痛苦的经历是岁月中最催人老的"铂黑":生命的甜酒在生活的氧气里附加哀伤的催化下,迅速变作了难以下咽的醋酸。初露天才的陀氏将(中译本中)40页篇幅的笔记(日志)夹在了6月1日与6月11日的来往书信之中。通过14岁少女的视角的自我陈述,读者得以回溯女主人公的故事背景,她如何被迫离开自己热爱的乡村而迁居彼得堡,在寄宿学校里如何体会到严苛的教条和姑娘们的嘲笑,她父亲何以在忧郁不满中脾气越变越坏。父亲死后债台高筑的家庭,又是怎样不得不投奔"出于基督的爱"的安娜·费奥多罗芙娜。

在笔记的第二小节也就是瓦连卡住在安娜·费奥多罗芙娜家中时,住在隔壁的"大学生"波克罗夫斯基给了她一丝希望的微光。在波克罗夫斯基这位人物于此处正式登场之后,男女主人公的通信正式从先前偶尔谈到诗与文学,转

折为更高频率谈论和更多投入阅读的状态之中。就这一点而言，波克罗夫斯基确实是一名传灯人。瓦连卡在波克罗夫斯基面前因为自己没读过书，表现得非常腼腆而自卑，波克罗夫斯基则因为瓦连卡的美丽和善良与她"温柔""美好""友爱""亲切"地交流，就像"亲哥哥一样"。她的思想启蒙大概从这里开始，至于她的不幸也是从"波克罗夫斯基生病和死去开始的"……

故事里的故事和《穷人》故事本身以及故事附带的那些故事一样太过沉重，还是先让故事回到如今的通信里吧。随后，在 6 月 12 日的信件里，杰武什金就因为笔记本事件开始热衷文学话题，我们要略带自嘲性地说，他是一条可怜又可爱的"老舔狗"。在这封回复短信的长信中，杰武什金夸赞了——一定是衷心的——"小宝贝"瓦连卡的信件虽然言简但"写得非常好"，"可是我就没有这种才能。哪怕是胡乱写上十张纸，结果却什么也写不出来、什么也描写不出来"。在临近这封信的末处，杰武什金表示要带本书给他亲爱的瓦连卡。很真实的是，瓦连卡在下一封信里没有提到这部书，显然她还没有开始读或至少尚未读完这本书。需要注意的是，在此期间发生的事件也不容忽视。瓦·多在 6 月 20 日写到自己做针线活很忙。同时她提请马卡尔不要

第二章　您是我唯一的朋友,这里只有您一个人爱我

乱花钱,买多余的礼物更是纯浪费,希望马卡尔能给他自己买新衣服穿。纯洁的瓦连卡随后就揭示了安娜·费奥多罗芙娜和贝科夫——陀氏的小说中大概只有这些人物有时候没有"双重人格"——的PUA(操纵)嘴脸,虽然他们穷追不舍,但是瓦连卡说现在有马卡尔的保护,自己总会摆脱他们。在马卡尔6月21日的回信中,他连连表白满足小宝贝、小女儿、小心肝的需要是天赐的幸福与安慰。另外,他的邻居、常在家里举办作家晚会的文官拉塔贾耶夫请他去喝茶、朗读文学作品,他感到真是万事顺遂。可是欢乐流转不居如圆球而悲戚逗留勿动如多角物[①]。紧接着在6月22日的信里,马卡尔提到了又一件令他伤心不已的可怜事:寓所里戈尔什科夫的一个九岁的小男孩得病而死,连什么病都不知道,现在屋子里只有一口精致的小棺材了。(哦,无名的裘德。)马卡尔不禁同情地叹息他们真是又穷又可怜,父亲流泪、母亲伤心,还有一个吃奶的娃娃,以及一个六岁多的小女儿:

　　依靠着棺材站着,这可怜的孩子是那么闷闷不乐,

---

① 钱锺书:《管锥编》(三),生活·读书·新知三联书店2003年版,第1478页。

心事重重！瓦连卡,小宝贝,我可不喜欢看见小孩子想心事,瞧着就让人难受！她身旁的地上躺着一个破布做的娃娃,她也不玩。她把一个小指头放在嘴唇上,自管站着,动也不动。女房东给她一块糖,她接过来,可是没吃。真叫人伤心,瓦连卡,是吗?①

同样叫人伤心的是瓦连卡在三天后(6月25日)的回信,瓦连卡就像《贝姨》里的奥当斯那样,自身也难保,几乎没有时间去关心别人的苦难。瓦连卡的这封信只回了短短的一段话,内容是对马卡尔带给她的这本书的嫌弃,"这是一本毫无价值的小书！——碰都碰不得……难道您会喜欢这种书……真的,我没有工夫再多写了"。我们可以相信,瓦连卡的判断大抵是客观的。由于马卡尔缺乏文采或者文学修养,他对文学的认识还很粗浅。另外,瓦连卡这样烦而忙,不会是个好兆头,至少并非长久之计。

6月26日,马卡尔随即以长信复之。他的自卑与热情被再度调动并被联合在了一起。马卡尔搪塞说这部书只是胡闹、逗乐、让人发笑,接着就抱起了"大腿":"现在拉塔贾

---

① [俄]陀思妥耶夫斯基:《穷人》,磊然译,人民文学出版社2021年版,第78—79页。

第二章　您是我唯一的朋友,这里只有您一个人爱我

耶夫答应给我读一本真正的文学作品,好了,小宝贝,您这就会有书看啦。"接下来几大段可谓之"杰武什金论文学",杰武什金将文学之意义大夸特夸:

> 它能使人的心坚强起来,是教导人的,关于这个,在他们的小书里还描写了种种不同的事情。描写得非常好!文学是一幅图画,也就是说,在某种意义上是图画,是镜子,它表达激情,是那么含蓄的批评,是含有教训意义的训诫和文献。[1]

用杰武什金自己的糙话来概括:文学是好东西、非常好的东西、深奥的东西……他还引了虚构的拉塔贾耶夫的《意大利的激情》、虚构的中篇小说《叶尔马克和久列伊卡》中的段落详细论之。陀思妥耶夫斯基对文体的戏仿自然充分意识到相关的真实文本如马尔林斯基(1797—1837)和尼·波列伏依的浪漫主义文体创作,以及别林斯基对伪历史小说问题的讥评。陀氏能讽刺性地模仿虚构长段并将其纳入杰武什金书信之中,实在是一套虚构中的虚构的艺术手工。信、日记、小说、历史等在《穷人》中文体混杂而不显

---

[1] [俄]陀思妥耶夫斯基:《穷人》,第81页。

凌乱,文心之妙令人咋舌。写到最后,杰武什金自己都飘飘欲仙,幻想着出版《马卡尔·杰武什金诗集》后,大街上人人都说这就是文学家和诗人杰武什金,"……可是我何必给您写这些呢!您只要随便看看,别以为我是怎么啦,瓦连卡"。于是杰武什金又打算给她带去一本书——保尔·德·科克的作品。哎,又是一本很差的法国小说。

两人随后的书信里便是如此充溢着读书与生活中悲苦事件和眷恋幸福的交织产物。人生中不如意之事十有八九,陀氏笔下的人们的可怜也往往占九成,幸福或快乐则只占据十分之一。马卡尔强撑着穷人的体面或者说任性,要把最后一文钱花在为瓦连卡置办服装、看戏、买糖果和买书上,他还染上了酗酒的恶习,并且不惜代价地借债、跟女房东闹矛盾。瓦连卡在 7 月 27 日的书信里道出了令人加倍苦痛的领悟:"您不好意思让我承认我是造成您不幸处境的根源,而您的做法反而给我带来了双倍的痛苦。这一切都使我震惊,马卡尔·阿历克谢耶维奇。啊,我的朋友!不幸是一种传染病。不幸的人和穷人应该彼此躲开,免得传染得更厉害。"

多么痛的领悟——"穷病"的传染力真大!比如韩国电影《下一个素熙》中东亚不正义的多重面孔、中国电影《我不

第二章　您是我唯一的朋友,这里只有您一个人爱我

是药神》里哭天喊地的病根、黎巴嫩电影《何以为家》中穷人家不配生孩子的感悟、土耳其电影《冬眠》中自卑和自大的终不能自持、美国电影《超脱》中的难以鼓起勇气去关怀、印度电影《大树之歌》中撕毁文稿的悲哀、日本电影《七武士》中农民的控诉……穷人和可怜的人们一直被视作近义词来书写,但这也不是全部的真相,绝不是。伊朗电影《特写》中就有穷人的童话,但又不是童话,对我来讲也完全是真实的。就伯格曼的电影而言,所有中产阶级也都是最痛苦的。对于伍迪·艾伦来说也是同理,不是痛苦便是空虚。在巴尔扎克的《人间喜剧》中,越是贵族就意味着有更多的人格缺陷与受到越多表面功夫的桎梏。而在普鲁斯特笔下,穷或富与幸福乃至智慧没有任何关联。再回到陀氏的《穷人》中,贝科夫后来得到了瓦连卡,可是他性子依然越来越暴躁。富有的托尔斯泰大概也会赞同这一观念。所以,瓦尔瓦拉说的这句话是她痛苦的体验与领悟,但也反映了她年少的青涩与幼稚,她以为一夜暴富可以在一定程度上解决精神问题,就跟我们上一代人于年初四迎财神,这一代人转发锦鲤、占星许愿一样。

陀氏也需要收入,并且常常是急需。很多作家都是如此,他们饱尝穷苦之困扰。写出反极权主义名著《动物农

场》和《1984》的英国作家乔治·奥威尔自称属于"上层中产阶级偏下,即没有钱的中产家庭"。奥威尔虽曾就读伊顿公学,但贫穷的境况促使他更加同情底层社会。在写作了《1984》之后,被误认为反苏、反共的奥威尔其实又被英国政府疑为共产主义者而受到监视,"至死方休"。但他也从来没停止过超阶级与超意识形态的那种为穷人抗争和写作的自我使命,他写的《穷人之死》(*How the Poor Die*)便是结合其个人经历与探索他者的呕心沥血之作。又如今天成了国民阅读偶像的美国短篇小说家雷蒙德·卡佛(Raymond Carver),他常常不得已为生计而捉襟见肘。多番经济破产甚至于靠失业救济金过活的他也曾为了编辑提到的叫卖和销量等缘故而将短篇小说集《新手》改名为《当我们谈论爱情时我们在谈论什么》。但是我们依然可以将他们认同于清代刘熙载《艺概》中的"诗品出于人品"。因为哪怕他们写作的直接动机就是出于金钱,他们写出的作品毕竟不等同于动机或过程。或者更精确地说,他们的作品最终是其精神性和文学性思想的结晶,结晶后的完整艺术品与结晶时个人客观境况则相距甚远。这正如欧阳修在《梅圣俞诗集序》中提及的"诗穷而后工";又如司马迁在《报任少卿书》中指出的原本物质或精神上有远虑与近忧者往往更能"发愤著书",

第二章　您是我唯一的朋友,这里只有您一个人爱我

也如钱锺书《管锥编》(第三册)中"全汉文卷四二"谓"奏乐以生悲为善音,听乐以能悲为知音"。这一规律虽非定理但也普遍,君不见后期昆德拉与后期村上春树的写作水准大不如前? 除创作力的自然衰退以外,大概缘由之一便是昆德拉与外界部分和解,村上春树已经与自我大团圆了吧!? 这当然也是值得祝福的。

但杰武什金、瓦连卡、陀思妥耶夫斯基,还有之后陀氏笔下的大多数人物则没有那么幸运,他们的遭遇(但不是导致后者的原因或造成的结果)将陀氏表征为更伟大的文学经典。而且,他们的阅读还表征了先在的更多优秀的文学作品,建构起了一整套尤其是俄国的文学谱系和小说历史。其中最重要的两部就是瓦连卡带给他的7月1日杰武什金写到的普希金《驿站长》和7月8日写到的果戈理《外套》。那么,是否可以由此推断陀思妥耶夫斯基最早的小说《穷人》就已经具备了巴赫金所谓的陀氏独创的复调小说、多声部对话、共时艺术呢? 而且锦上添花的是,如巴赫金所言,作者陀氏同他的角色也是平等的,我们现在还可以为之添色,说连其他作者如普希金和果戈理也进入了陀氏的书中成了平等的声音,是否可以如此补充和完善巴赫金的理论呢?

三、驳巴赫金：悲剧小说而非复调小说

恰恰相反。当杰武什金对普希金的《驿站长》赞誉有加而对果戈理的《外套》气不打一处来的时候，他虽反映了与作者陀氏有所不同的声音，但……因为陀氏当然崇拜普希金并不厌其烦地研读他的一切作品尤其是小说，正如杰武什金所说的："竟然有这样的事，一个人活在世上，竟不知道你身边有这么一本书，里面把你的一生都详详细细地写了出来……我读这本书，就像是我自己写的一样。"托尔斯泰在他的《忏悔录》中也提到过类似论点，谓他人所写之书如自己所想写者，乃高明之作者也。不过问题就出在果戈理的《外套》的"皱褶"上了。

首先，《穷人》中的男主人公杰武什金对《外套》十分不满，他认为果戈理的这部作品是对他们小公务员团体的讥讽。其实杰武什金对这部小说的认识方式与对《驿站长》等其他小说的认识方式相同，即他将虚构与现实混而为一，不能从小说文体的超越角度看待文学文本，反而是处处将文本与自己的个人生活混为一谈，这样的一个人只能从私人体验角度讨论一切文学活动。就像住在森林里没有看过电

第二章　您是我唯一的朋友,这里只有您一个人爱我

影的男人不仅会因为大荧幕上的女人而感到兴奋,还会冲上前去试图跟她亲密接触。他不理解文体即意义的艺术宇宙。看来不论是文艺青年还是"不文艺"的老年,对待文艺都存在一种太个人化的、不咀嚼而只是媚俗文艺的情绪导向。

其次,从接下来7月27日(隔了整整近20天!)瓦尔瓦拉的回信来看,她并没有直接回应杰武什金关于《外套》的讨论或发泄,而是说明了自己才知道原来杰武什金为了自己做出了太多的牺牲,并且很多牺牲是奢侈故而是没有必要的。在为对方心痛的同时,瓦尔瓦拉哭诉:"不幸是一种传染病。不幸的人和穷人应该彼此躲开,免得传染得更厉害"云云。

最后,陀思妥耶夫斯基本人是如何看待果戈理和他的《外套》的呢?正如约瑟夫·弗兰克于他的陀思妥耶夫斯基传记中所认识的那样,《驿站长》和《外套》共同对《穷人》起到了理念意义上的作用。在19世纪三四十年代,描写小公务员的文学风尚已然较为流行,果戈理的《外套》乃是这一传统中重要的一环,果戈理为这类人物增加了感伤主义的色彩,这无疑是陀氏于《穷人》中再创造相关人物的先驱模式。如果我们以"含笑的泪"来概括果戈理和陀思妥耶夫斯

基的话,亦可以进一步说果戈理偏那种悲喜剧的笑而陀思妥耶夫斯基将永远更在乎那第一滴泪。

可见,至少杰武什金这位人物是如何不同于陀思妥耶夫斯基本人的观点,但这果然就符合巴赫金《陀思妥耶夫斯基诗学问题》的真谛了吗?果真如巴赫金所判断的,陀思妥耶夫斯基创造了新型的复调小说,就连作者陀氏也只能跟其描写的那些极富主体性的人物们站在完全平等的位置上,不能左右他们,只能任由他们发出迥然不同的声音吗?这便是最高意义上的现实主义声音在小说上的唯一载体?

并非如此,且恰恰相反。杰武什金也好,瓦尔瓦拉也罢,他们依然是陀氏在特定目的与关照下诞生的具有主体性人格的小说人物。陀氏做到了使不同人物或者人格(用巴赫金爱用的术语)进行对话的艺术处理,他笔下的人物各有个性。弗洛伊德在其《陀思妥耶夫斯基与弑父者》中就强调了四种陀式角色:创造性艺术家、神经症者、伦理学家、无神论者。但是对于陀氏本人与这些人物的关系,巴赫金始终笔调晦涩,未能阐明。因为他也无法阐明。也许如同弗兰克在《米哈伊尔·巴赫金的声音》一文(收录于《透过俄罗斯棱镜》一书)中所言,巴赫金成功地使读者们接受了陀思妥耶夫斯基将小说变成现代文学以及其制造了意识流小说的作用,虽然这并非巴赫金本人的目的。巴赫金让人们发现,从《穷人》开始,陀思妥耶夫斯基的人物们就被极其痛苦的意识所折磨着,他们想要得到他人的认同——即便只是非常肤浅的认同,并且他们在这么做的时候又进行了极力反抗,于是人与人之间在精神层面和话语层面十分激烈地斗争着。巴赫金在将陀思妥耶夫斯基过度神化的同时产生了一定的副作用,就像托多罗夫在《米哈伊尔·巴赫金》中所言,巴赫金打开了将陀氏误认为是道德相对主义者的错误解读通道,而且巴赫金忽视了陀思妥耶夫斯基在世俗化日益严重的世界中为基督教的道德良知发声的那种悲剧性的斗争特质。

巴赫金认为陀氏的小说是共时艺术而非历史艺术,换言之,陀氏在一个凝固的空间内放大了不同人格之间对话的张力,本来理应是时间艺术的语言制品在瞬间成了剑拔弩张的绝对场域。巴赫金在此反对了庸俗马克思主义的反映现实观,将文学内容与形式"临行密密缝",可是这不代表就可以等同于最高意义的现实主义,至少不能就此将陀氏算作独家代言人。看似粉丝队长巴赫金的头号对手纳博科夫也曾在《俄罗斯文学讲稿》中谈到过陀思妥耶夫斯基的这一文学习惯,但他的结论却是相反的:

如果一位作家创作的人物几乎都是精神病患者或者疯子,我们是否能真正讨论"现实主义"或者"人类体验"的各个方面就值得怀疑了。除此之外,陀思妥耶夫斯基的人物还有一个显著的特点,那就是,整本书从头到尾,这些人物的性格都不会有任何发展变化。故事的一开始,我们就可以对他们有个全面的了解。随着故事的发展,虽然人物周围的环境在变,虽然在他们身上会发生非同寻常的事情,但他们本身不会有什么显著的变化。①

如果这样来看的话,那么巴赫金犹豫不决地认为托尔斯泰二流长篇如《复活》也比陀氏的长篇在人物性格的发展上更为活跃了。倘使非要为最高现实主义、心理现实主义的创始人之一——托尔斯泰的《安娜·卡列尼娜》中的安娜临死之际也有一段精彩意识流,但那是决定性时刻,如乔伊斯则是意识流在偶然的、日常的时刻发生,陀氏大概二者皆有——陀思妥耶夫斯基的小说不如定义为悲剧小说而非复调小说。悲剧中有命运悲剧、性格悲剧、环境悲剧,这三种悲剧在非必定的意义上有一种文学发展时间线的先后关

---

① [美] 弗拉基米尔·纳博科夫:《俄罗斯文学讲稿》,第131页。

第二章　您是我唯一的朋友，这里只有您一个人爱我

系。陀氏笔下的神经质人格正符合性格悲剧在命运悲剧和环境悲剧中的纠葛意味。而且戏剧讲究对话性和即时性，这又能够将巴赫金为陀氏赋予的复调性与共时性张目。事实上，巴赫金的老师伊万诺夫早就将陀思妥耶夫斯基的作品称为"悲剧小说"了。巴赫金在《陀思妥耶夫斯基诗学问题》的第一章中就提到了这一故事，只可惜他未经充分论证便抛弃了前人之述。究其实，可能还是因为巴赫金是在强调自己的声音能够在时代的巨响中发出个体性的缘故吧!?

托尔斯泰的作品如《战争与和平》，在流动性中书写着心灵的辩证法；陀思妥耶夫斯基则于过度中剖析和祈望着人性的世界，尤其是克里斯蒂娃在《黑太阳：抑郁与忧郁》中所突出的各种精神的痛苦与宽恕（托氏又何尝不是），托氏与陀氏二人殊非普通作家而难分轩轾。孰独白孰对话的流俗区隔实难一分为二，难以随意简单化。还是拉开昆德拉的《帷幕》，翻箱倒柜《被背叛的遗嘱》吧，在某层抽屉里，昆德拉道出了托尔斯泰笔下的不止于决定性时刻的心理流动。在《安娜·卡列尼娜》之前的《战争与和平》中，皮埃尔与安德烈的思想精神的串联与交互早已反证了托尔斯泰作为难以被"刺猬与狐狸"划定的小说天才的能力。让我们通

过增加定语来扩充巴赫金的话语,大胆地说,任何欧洲经典长篇小说的"小说话语一直是自我批评的。因此,小说从根本上区别于其他所有直接体裁的文本,如史诗、抒情诗、正剧"。

第三章　翡冷翠与中世纪的终结
——E. M. 福斯特的《看得见风景的房间》

在《西方人文主义传统》中,阿伦·布洛克曾说:"即使人类的心灵曾经被解放过,每代人也都要重新开展解放的斗争。"换言之,即使人类已经走出中世纪,步入了佛罗伦萨,每代人也要自己迈过佛罗伦萨的石板路才能算是终结了自己的中世纪。佛罗伦萨或翡冷翠在此既是生命的隐喻也印证着福斯特以及一众英法德作家的心迹。

英国作家 E. M. 福斯特(Edward Morgan Forster)称得上当年文学圈的村上春树,他曾 13 次(另一说是 22 次)被提名为诺贝尔文学奖候选人,但是最终未当选。福斯特生于 1879 年 1 月 1 日,卒于 1970 年 7 月 7 日,度过了整整 91 年的漫长一生。福斯特具有小说家、散文家、社会和文学评论家等多重身份,总共撰写了 6 部小说,同时还创作了一些意趣盎然的作品,譬如 1927 年在剑桥所作的系列演讲合集,最后被出版为《小说面面观》(*Aspects of the Novel*)一书。现在已然成了 cliché 代名词的"扁平人物"和"圆形人物",便是源于此书中对他的现实主义小说前辈查尔斯·狄更斯笔下人物的品评。

福斯特这辈子于多地辗转,从剑桥大学毕业后前往意大利和希腊旅行,又分别在 1912 年和 1923 年游历印度,第一次世界大战期间还于埃及亚历山大城服役 3 年。此外他还参与了诸多社会实践活动,包括强烈反对法西斯运动、英国殖民倾向、替被禁的女同性恋小说《寂寞之井》(*The Well of Loneliness*)抗议等,可谓是精彩的一生。

《看得见风景的房间》(*A Room with a View*)出版于 1908 年,福斯特从 22 岁开始创作该作品,29 岁完成首版。他其余比较著名的作品有《霍华德庄园》(*Howards End*)和《印度之行》(*A Passage to India*)等。福斯特的小说多半生活气息浓厚,并且可拍摄性颇高,根据同名小说翻拍的电影有 1985 年上映的《看得见风景的房间》,1987 年上映的《莫里斯》(*Maurice*,该原著《莫瑞斯》在他去世后一年即 1971 年出版),这也是他被翻拍的作品中电影评分最高的一部。我们也可以尝试反向理解——原著画面感强,且浅显易懂,阅读体验恰如观影般流畅,这或许正是福斯特在世时就拥有不小读者群的缘由之一。若以电影《看得见风景的房间》

第三章 翡冷翠与中世纪的终结

而论,女主人公的美丽与歌喉、佛罗伦萨充溢文艺复兴气息的实景、英国乡间的朴素与纯美等等都补充了小说本身留给读者原本用想象力去填埋的空间。但这同样反映了电影远不如小说之处,电影的时长和媒介的上限注定了佛罗伦萨的建筑与壁画得不到充分的彰显。小说描绘的情感因素的多层级性和中世纪式、伦敦式保守传统的土壤何以艰辛地萌芽出意大利式艺术和精神的种子等等更是不可能为电影所摹仿和呈现。无怪乎塔可夫斯基虽然一直想拍陀思妥耶夫斯基、莎士比亚与托马斯·曼,但依然不得不承认一流电影总以二流文学作品为翻拍对象。无论如何,海伦娜·伯翰·卡特、丹尼尔·戴-刘易斯、休·格兰特这三位英国伦敦的演员能为我们演绎福斯特的小说,这不仅是演员们的幸运,也是福斯特和作为接受者的我们的幸福。

《看得见风景的房间》作为一部非严格意义上的言情小说,展现出了一种几乎和现代无差的自由恋爱形态——两性交往不决定于任何风俗或禁忌,双方可以自由交谈、外出;"包办婚姻"不复存在且订婚后任何一方皆可自由取消婚约等等。小说甚至还出现了两次现代感十足的霸道总裁式强吻情节。我们可以说,该作品确实含有不可辩驳的现代性因素,与中世纪和早期现代的宗教性迥然不同。然而,需要注意这并不代表它就属于现代主义,除非小说多处传达出存在主义之类的相关意蕴与思想,或其写作手法包含了典型的如乔伊斯式的风格,否则这种现代作品仅具备早期现代开始就有的 modernity——一种现代性,而不可被称为现代主义作品。

一、塞西尔、夏洛特与讽刺

福斯特是一位喜好"余桃"的作家。在我们的惯常认知中,这类作家的笔触可能偏向刻薄,那福斯特呢?不妨先将另一位同样享年 91 岁的英国作家毛姆与之进行一出对比。毛姆的作品表露了他内心的愤世嫉俗,他并不重在"厌女",而是对整个人类都怀有一种不满的心绪。所以毛姆的小说有时显得刻薄,其程度远超《看得见风景的房间》中塞西尔的挑剔和嘲讽。反观福斯特,他的创作也具有英国文学典型的讽刺色彩,然而即便是对待刺人深且惹人嫌的塞西尔,福斯特依旧持有一种自然主义特质的温情,这是他与毛姆最大的不同之处。当然这不是一种对两位作家孰优孰劣的比较,而是从风格多样性的角度领略不同的人性观。我们

第三章　翡冷翠与中世纪的终结

可以说毛姆更像一只刺猬,他不仅在作品中喜好讽刺,也热衷于批评现实生活中的陀思妥耶夫斯基、巴尔扎克、普鲁斯特等等。福斯特则喜欢在委婉地指出缺点后依旧给予笔下人物一种爱的宽容,正如里尔克在《给青年诗人的十封信》中所说的:"所有的工作不过都是为了更好地去爱而做的准备。"福斯特在作品中的讽刺正是践行了这一点。他是这样描述塞西尔的:

> 塞西尔的第一个举动就令人恼火。他无法忍受霍尼彻奇家的怪毛病,为了保护家具宁可坐在黑地里。他本能地把窗帘一扯……

> 故事近半,塞西尔才出场,有必要立即为读者诸君介绍一番。他颇具中世纪风格,像尊哥特式雕像,身材高大,线条优雅,双肩抱拢,似有意志力做支撑,脑袋微仰,略高于平视的角度,一副吹毛求疵的样子,活像是法国大教堂守大门的圣徒像。[1]

这两段话出自《看得见风景的房间》第二部第八章"中

---

[1] [英] E. M. 福斯特:《看得见风景的房间》,吴文权、高韵译,江苏凤凰文艺出版社 2022 年版,第 117 页。

世纪风格"。福斯特开门见山地表达了对英国现存的中世纪式死板、僵化、闭塞的讽刺,而承载者正是塞西尔。塞西尔的头型不禁令人想起《海贼王》中的女帝波雅·汉库克(ボア·ハンコック)以及《去斯万家那边》第二部"斯万的爱情"中的德·加拉尔冬侯爵夫人——"她骄傲地挺起胸脯,把两个肩膀使劲往后扳,扳得像要跟胸部脱开似的,加在上面的那颗差不多快要仰平的脑袋,让人想起连着浑身羽毛一起上桌的野鸡拼装上去的头",也像是著名鲁菜糖醋鲤鱼被端上桌时的雄姿英发,我们知道,这是不论在雾都、贡布雷,还是亚马逊或南京的贵族都必备的行止坐卧的自我修养……不过,塞西尔并不是第一个出场即带讽刺属性的人物,其实早在小说开头,露西的表姐夏洛特便负责了福斯特设计的讽刺暗线,参考小说第一部第一章"贝托里尼公寓"中的描述:

> 巴特利特小姐听到"沐浴"二字,登时败下阵来。她那些含讽刺的客套话,此时出得口来,已是锋芒尽折。

> 在自己的房间里,巴特利特小姐扣死了百叶窗,锁

第三章　翡冷翠与中世纪的终结

紧了门,然后在套间内四下巡视,看看柜子通向哪里,是否有暗室或秘密入口。①

古板、老派甚至带点被迫害妄想症既视感的人物形象浮现在我们眼前,但又不如塞西尔所承担的讽刺那样直白、那样程度深。二人均对外界带有讽刺眼光,同时反过来遭到福斯特的讽刺描写,二者更内在的共同点在于他们的心性并非一成不变,而是流动的、发展的,且均会遇到变形的转折点。譬如下面这段是露西提出取消婚约后关于塞西尔反应的刻画(摘自第十七章"对塞西尔撒谎"):

> 但对塞西尔来说,正因为眼看就要失去她,她才变得益发可贵。自订婚以来,他还是头一次正视、而不是忽视她。她不再是达·芬奇的画中人,而是一个有血有肉的女人,有其自身的神秘与力量,某些特殊艺术都无法呈现。他从震惊中回过神来,真切的爱意迸发出来,喊道:"可是我爱你啊,我还以为你也爱我!"
>
> 他开始在房间里踱来踱去,一副很有尊严的派头,

---

① [英] E. M. 福斯特:《看得见风景的房间》,第16、18页。

令她愈发烦躁不安。原以为他会小心眼,那样反而会好办些。然而,她却将他天性中最好的东西引了出来,这真是个残酷的讽刺。①

在遭遇婚变这一如此激烈的现实冲突时,塞西尔终于也变得有血有肉起来,他在痛苦中收获了一次前所未有的觉醒——原来自己也有爱人的能力,并且在那一瞬间他变成了一个成熟的、活生生的、有吸引力的男人,而非一座行尸走肉般的中世纪圣徒雕像。这一刻,塞西尔变得可爱了,那句"我爱你"意味着他彻底告别了中世纪,也必然引起不少读者的恻隐之心。他跌落低谷随即真正改变,顺带预告了美国畅销小说家杰西卡·布罗迪的"救猫咪"法则。

相比塞西尔,夏洛特的变形则不是突然发生的,而是开始于和露西一起到意大利后的时光,她的变形过程是矛盾的、纠结的、挣扎的。夏洛特身上似乎带有一种"渴望却又不敢"的隐疾,她一方面尽心尽责地保护露西到惹人嫌的地步,另一方面又隐约支持露西和乔治的来往。福斯特用第十七章最后一句"黑夜接纳了她,三十年前,黑夜也这样接纳过巴特利特小姐"为我们揭开了她拧巴的秘密,当下到处撒谎的

---

① [英] E. M. 福斯特:《看得见风景的房间》,第235页。

第三章　翡冷翠与中世纪的终结

露西正是当年的夏洛特,二者互为镜像人物。只不过这一次,夏洛特选择了成全露西和乔治来弥补曾经那个古怪"懦妇"的遗憾,恰如乔治在本书最后一章"中世纪的终结"中的猜测:

> 你表姐一直盼着我们在一起。自打我们相遇的那一刻起,她就发自内心地希望,我们像现在这样。当然,那是自她内心的极深处。她表面上同我们作对,心里却巴望我们能成……她并不是个冷血的人,露西,她的内心并未完全枯萎。①

福斯特对塞西尔和夏洛特这两个人物一浅一深的双线描摹使讽刺更具层次感,在小说结尾他选择将宽容与温情作为药引子,治好了角色们(也包括有心之读者们)的中世纪的顽疾。

二、老艾默生与缺口都一样的斯蒂汾

本书中与中世纪素有渊源的还有一人,那就是背负"杀

---

① [英] E. M. 福斯特:《看得见风景的房间》,第288页。

妻"骂名的老艾默生。我们不妨先感受一下他是个怎样的老头儿。第一章"贝托里尼公寓"中,老艾默生在听到露西和表姐抱怨自己的房间看不到风景后,立即提议与她们交换房间,理由很简单直白——自己和儿子乔治的房间看得见风景,且她俩显然更需要。然而夏洛特对他过于直接以致显得粗鲁的样子并不买账,反倒心生嫌隙。倒不是说夏洛特狭隘,而是老艾默生给人的第一印象就容易这样,譬如从毕比先生对他的评价可以看出这点:

> 他刚来那会儿,无意间就把大家惹恼了。他不懂得圆滑,也搞不清礼数,我不是说他不讲礼数,而是他心里怎样想,嘴里就怎样说。我们差点就到我们那位令人郁闷的房东太太跟前投诉他了,不过还好,我们打消了这个念头。①

后来我们知道和老艾默生相处越久,越能发现他有个心口如一又不拘泥于礼数小节的耿直好心肠。只是一般人刚与他接触时,通常会不习惯,或者嫌厌,甚至恐惧。关于这点,老艾默生的儿子乔治在对露西解释时也有所交代:

---

① [英] E. M. 福斯特:《看得见风景的房间》,第11页。

第三章　翡冷翠与中世纪的终结

"不管跟谁,我父亲都这么直来直去的。他总是尽力去表达善意……我们这样做,是为了能有更好的性格。可他不是,他对人家好,纯粹是出于爱,可他们一旦察觉到这点,不是感到恼火,就是觉得害怕。"

小说到这里,老艾默生也已基本成型,或者说福斯特回归本真的自然主义风格显露无遗——一方面房间外的美妙风景,昭示了原初意义上的自然;另一方面,老艾默生与他者的相处方式,体现了人和人之间的、东坡在黄州对待百姓和友邻们的那种爱与温情下的真。尤其值得注意的是,老头儿的好心肠并不是百分百令人舒适的,而是夹带着粗粝感、"无教养感",甚至"冒犯感"。这种看似矛盾的不完美性格恰恰是一种自然主义的显现,因为自然就是粗犷的、原始的、危险的,但同时毫无保留地向万物敞开,唯有放下戒心的人才有机会感受其中的真诚与真理之美。

如果说老艾默生——该让人想起另一位同名的超验主义者了吧——的"自然主义"性格是反中世纪的头角初露,那么他彻底且完全反中世纪的标志便是本书尾声处揭秘的"杀妻"事件。老艾默生由乔治的精神垮塌想起了妻子当年的遭遇,他向露西回忆道:

当时我不愿意让乔治受洗,她就——但是她也没意见,说洗不洗礼不重要,可他十二岁那年发了次高烧,她就后悔了,认为那是上天的惩罚……当初我们都已经抛弃了那些观念,和她父母断绝了来往……

然而,就是那位伊戈尔先生,趁我外出时,来做他认为该做的事。我不怪他,我什么人也不怪。乔治的病好了,可她却病倒了。乔治这件事让她陷入思考,罪孽究竟是什么,思来想去,整个人就垮了。

"他没有受洗。"老人说。"对此我毫不让步。"他目光坚定地注视着那一排排书,仿佛已经战胜了它们,可他付出了多么高昂的代价啊![1]

Sue the Obscure(无名的诗人)……至此,不妨一提詹姆斯·乔伊斯的《尤利西斯》中类似的桥段。故事发生在该小说主人公之一斯蒂汾·代达勒斯身上,简言之就是斯蒂汾在母亲临死前都不愿意做母亲要求的天主教仪式——跪下为她祈祷。尽管我们不清楚乔伊斯如此设计的意图是否在于

---

[1] [英] E. M. 福斯特:《看得见风景的房间》,第 272 页。

第三章 翡冷翠与中世纪的终结

"走出中世纪",但我们依旧可以看到老艾默生和斯蒂汾的共通性——在面临亲人死亡时,本可以选择妥协让对方好受一些,却始终坚持不退让。如此极端化处理的情节,或许会引起部分读者的不适甚至反感,也可能"强迫"入戏的读者思考:如果换成是我,我会怎么做?这绝对不是一个容易回答的问题。

暂且悬搁读者视角不谈,这两位重要人物身上无法掩盖的坚定、气魄与力量无疑呈现出了超人般的品质,他们使自己成了康德在《道德形而上学奠基》(*Grundlegung zur Metaphysik der Sitten*)中所说的规律——发展和坚持自我的独立人格,他们承担起了这种责任(所以《看得见风景的房间》结尾处老艾默生可以对露西成功教化)。因此一百多年后,我们依旧会赞赏他们、尊重他们,被他们吸引,甚至为之震撼。这并不是因为慕强,而是出于人性对规律的尊重。

此时再次"还原"到读者视角,第十九章中一笔带过的那句"可他付出了多么高昂的代价啊!"便分量十足。于是在思考"我会怎么做"之前,我们又"被迫"去看老艾默生和斯蒂汾为坚守独立人格所付出的代价,唯有如此,只沉浸于对雄浑品质的崇拜甚至追求,却忽视其背后所承受的痛苦的单一思维才能被打破,反思也开始变得全面且有意义。

我们先看老艾默生的遭遇,在第五章"愉快出游的数种可能"中,伊戈尔教士对老艾默生记恨在心的情绪终于爆发,在背后说起他的坏话(联系上下文可以猜想这绝对不是第一次,也不会是最后一次):

"曝他的光!"伊戈尔先生狠狠地说。

……

"你想知道是吧,是谋杀,"他愤慨地大声道。"那人谋害了他妻子!"

……

"她会知道的,为他们辩护可没那么简单。因为,在上帝的眼睛里,就是他,杀了他妻子。"①

可是,恐怕"上帝"的化名并不叫"伊戈尔"吧?再来看看斯蒂汾的遭遇。损友马利根认为斯蒂汾的言语和作为像刀刃,便为后者取了绰号"啃奇"(Kinch),这一生造的拟声词传达了刀刃和硬物触及时产生的声音。此处援引金隄译本:

——姑妈认为你母亲是你害死的,他说。所以她不许我和你来往。

——见鬼,啃奇,壮鹿马利根说。你母亲临终的时

---

① [英] E. M. 福斯特:《看得见风景的房间》,第72—74页。

第三章 翡冷翠与中世纪的终结

候要求你,你跪下不就得了?我和你一样超脱,可是你想想,你母亲用她的最后一口气求你跪下为她祈祷,你居然拒绝了。你这人有一点邪……

斯蒂汾弯起一只胳膊支在粗糙的花岗石上,手掌拖着前额,目光滞留在自己那件发亮的黑上衣袖子上,盯着已经磨破的袖口。一阵痛苦,一种还不是爱情的痛苦,在折磨着他的心。她,默默无声地,死后曾在他的梦中出现,她那消瘦的躯体上套着宽大的褐色寿衣,散发出一种蜡和檀木混杂的气息;她俯身投来无言的谴责,呼吸中隐隐地传来一股沾湿的灰烬气味。

——谢谢,斯蒂汾说。灰的我不能穿。

——他不能穿,壮鹿马利根对着镜子里自己的脸说。规矩终归是规矩。他自己害死了母亲,可是灰色的裤子却不能穿。

——怎么样?壮鹿马利根说。我说什么来着?我忘了。

——你说,斯蒂汾答道,咳,代达勒斯呗,他妈妈挺了狗腿儿啦。

……

——我是那么说的吗?他问。其实,又有什么关系呢?

……

你母亲临终时要求你跪下为她祈祷,你不愿,为什么?

……

——我并不是考虑你对我母亲的侮辱。

——那你考虑什么呢?壮鹿马利根问。

——对我的侮辱,斯蒂汾答道。

在一个梦中,她曾默默无声地来到他的面前,她的消瘦的身子上穿着宽大的寿衣,散发出一种蜡和檀木的气息;她俯身对他说了一些无声的秘密话,她的呼吸中隐隐地带着一股沾湿的灰烬气味。

她那呆滞的目光从死亡中凝视着,要动摇我的灵魂,要使它屈服。就是盯着我一个人。灵前的蜡烛,照出了她的痛苦挣扎。幽灵似的烛光,落在受尽折磨的脸上。她嗓音嘶哑,大声喘息着,发出恐怖的哮吼声,而周围的人都跪下祈祷了。她的目光落在我身上,要把我按下去。愿光辉如百合花的圣徒们围绕着你;愿童女们的唱诗班高唱赞歌迎接你(引者:此句系拉丁

第三章 翡冷翠与中世纪的终结

文祈祷文,天主教为人送终时用)。

  食尸鬼!吞噬尸首的怪物!

  不,母亲!放了我,让我生活吧。①

  相较于福斯特对配角身份的老艾默生的概括性描述——"可他付出了多么高昂的代价啊!",乔伊斯对具有主角身份的斯蒂汾的描述是具体的、多方位的。我们不妨细数一下斯蒂汾付出了哪些代价:被他人隔离疏远、被朋友多次揶揄甚至侮辱、被自己的心魔反复把玩……况且这种内外夹击的痛楚是反复的、持续的,谁都不知道什么时候会结束。

  我们可以大胆地把斯蒂汾当作老艾默生的详尽版——考虑到文体,应该说同时是"鬼畜版"的——说明书,因为恰恰是前者所经受的更为丰富的苦楚之呈现会帮助读者进一步了解老艾默生多年以来所付代价的昂贵之处。尽管斯蒂汾仅仅是一个刚毕业的只有22岁的年轻教师,而老艾默生是一个已经有和斯蒂汾年纪差不多的儿子的老人。老艾默生确实有着符合年龄的超脱,但这绝不是我们忽视他承受的一切的理由。有时候,足够超脱往往是因为过滤了足够

---

① [爱尔兰]詹姆斯·乔伊斯:《尤利西斯》(上),金隄译,人民文学出版社1997年版,第7—15页。

痛苦。纵观《李尔王》一剧的头与尾就可以证明这一点。

结合以上分析来看,第十九章中老艾默生的 deus ex machina(机关降神),劝导露西直面内心,学会用真相去生活,便不再突兀并且合情合理。这全部都缘于一个大前提——老艾默生具备爱的能力,他是真理或真相的布道者,一个被选中者。关于这点福斯特显然着墨更多:首先,老艾默生一如既往地(对露西)直言不讳,"That you are in a muddle"(你这是在犯傻)。紧接着他说:

> 生活虽然美好,却也饱含艰辛……我的一位朋友曾写道,"生活是场小提琴公演,你得不停地拉,才能掌握这件乐器"。写得真好。人必须在生活中学习运用自身的功能,尤其是爱的功能……你是爱乔治的!……为了他,你不会嫁给别人……只要多一分坦诚,便能让灵魂获得自由。①

小说中还有不少关于老艾默生激情对话的描写,读者不论从情绪上还是内容上,都能感受到此时的他俨然是一位走出中世纪的抛球者,一位随身携带自己信念的抛球

---

① [英] E. M. 福斯特:《看得见风景的房间》,第 276—278 页。

第三章 翡冷翠与中世纪的终结

者——"你可以让爱变,可以无视它,也可以搅乱它,但你永远无法将它从心中抹去。我是过来人,知道诗人说得对:爱是永恒的。"妙言至径,然而从另一个角度来说,越朴素的真理往往越难被人们实践,这点从接球者露西的反应就能得知。其实从小说第十六章开始,露西便踏上了撒谎之途,首先是对乔治说并不爱他:"我爱塞西尔,不久便会嫁给他,这也不重要吗?"紧接着,她在第十七章中对塞西尔说不爱任何人:"倘若一个女孩退了婚,人家就会说:'哦,她心里有了别人,她想得到另一个人。'这话真叫人恶心,真叫人心寒!好像女孩子为了自由而退婚就大逆不道!"随后在第十八章中,她又对毕比先生、霍尼彻奇太太、弗雷迪和仆人说谎。露西的理直气壮甚至义正辞严,再次有力地证明了人性的弱点有时可以轻而易举地占据上风,即使在面对全书最具说服力的人物老艾默生时,她也依旧选择了撒谎,而且是两次。

三、露西的撒谎与她的翡冷翠

此处宜先引用奥尔巴赫在其巨著《摹仿论:西方文学

中现实的再现》(*Mimesis: Dargestellte Wirklichkeit in der abendländischen Literatur*)第六章"宫廷骑士小说录"中的一段话：

> 高贵的品德个性并非简单的天性，也不是与生俱来，即不是由于出生在一个等级之内而具有的实际地位提出了一定的实际要求而可以自然形成这种品德；它的要求更高，除了出身以外，还需要接受教育才能孕育出这种品德，需要时时自愿经受新的考验才能保持住这种品德。[1]

老艾默生分明有着一种高贵的品德——懂得用爱生活，即使所作所为不是我们想象中优雅、体面、完美的模样，却恰恰说明自然差异或真理本身不易捕捉，更遑论参透之、横贯之。老艾默生作为保持住品德的过来人，自然担得起小说里"机关降神式"人物的重任，而接球者露西作为受教育者，是一株颇具慧根的好苗子（敢于悔婚但又不敢承认心之所爱，这两个条件缺一不可），只是需要一个恰切的引路人。这个引路人不会是镜像的表姐夏洛特，因为后者不具

---

[1] [德]埃里希·奥尔巴赫：《摹仿论：西方文学中现实的再现》，吴麟绶、周新建、高艳婷译，商务印书馆2018年版，第158页。

第三章 翡冷翠与中世纪的终结

备相应的能力和品德;也不会是好人毕比先生,因为他是独身主义者;更不会是"工具人"乔治或者塞西尔,因为这两位反而是位于露西之下,是需要她拯救与启蒙的,这点也刚好打破了关于这本小说的一个偏见——男性(老艾默生)引领女性(年轻露西)的父权叙事倾向。与其说现代人对"教导"这个词颇为敏感,不如说是对实在的差异,如对性别叙事敏感。由此,我们必须进行如下思考:当露西引领乔治或者塞西尔时,会不会出现"为什么要让女性引领幼稚男性"这样的偏见(Barbie and Kenfuse)?抑或是夏洛特引领露西使其觉醒,出现了 girls help girls(女孩帮助女孩)的当下受欢迎的叙事方向,但也可能会引起"男性去哪儿了"的偏见(*Poor Things*);再打个比方,如果书中或叙事中有两位男性显得戏份多了,另一种女性角色都只是起背景板的作用,"这是个只有男人的世界"的偏见是否也会出现(*Oppenheimer*)?以上四种模式,可以说涵盖了所有主要与性别相关的关系模式,如果每种模式都有漏洞可钻,那么无论讨论哪种情况,叙事都无法成立,批评也将不再完整自洽。换言之,钻牛角尖是没有意义的。

让我们回到小说文本,感受一下即使是充满爱欲的露西,要将她教化成功也是多么困难的一件事:

对老艾默生第一次撒谎——

"希腊。我原以为,你今年打算结婚的。"

"没有啊,要到明年一月份。"露西说,双手攥得紧紧的。

对老艾默生第二次撒谎——

他抬眼望着她,问道:"你要离开他吗?你要离开自己心爱的人吗?"

"我,我不得不这么做。"

"为什么,霍尼彻奇小姐,为什么?"

恐惧袭上心头,她再次撒了谎。她重复了以前跟毕比先生说过的话,滔滔不绝,极具说服力,而且打算将来宣布婚约解除时,也要跟所有人这么讲。

而在第一次撒谎后,继续与老艾默生交谈时,露西有了如下心理变化:

不知为何,什么事也瞒不过这老人。对乔治、对塞西尔,她会再次撒谎的。但他却似乎离真相这么近,那般庄严地走近深渊,对那深渊给出自己的解释,与周围的书给出的解释殊为不同,又那般坦然面对他

第三章 翡冷翠与中世纪的终结

所走过的艰难道路。这一切令真正的骑士精神在她体内苏醒了。[①]

看到这里,大部分读者可能觉得露西就此觉醒、认清真相、勇敢拥抱爱情,但紧接着她又撒谎了,出于一种未名的恐惧。于是便出现了老艾默生"That you are in a muddle(你这是在犯傻)"的相关劝导。然而,我们的露西仍然顽石般地置气道:"我永远不要嫁给他(引者:指乔治)。"这种置气像极了人类孩童时期口是心非地对父母撒娇,但内心深知自己在父母那里得到的回答是自己想要的,也是正确的,只是出于某种傲娇的必要,以及需要时间消化。而这正反过来说明了置气者内心的认同。所以在第十九章的结尾,露西在被喊走之前又转向了老艾默生先生。"然而,他的面容让她振作起来。那是一张洞晓人心的圣徒的面孔。"直到老艾默生又循循善诱了一番,说出了那句"是啊,我们努力奋斗,不止为爱或快乐,更是为了真理。真理很重要,真理真的很重要"。露西此时才彻底被教化成功,重获新生,不再重蹈表姐的覆辙,不再自欺欺人,让自己活于真相和真向、真理与真里:

[①] [英] E. M. 福斯特:《看得见风景的房间》,第 274—276 页。

他赋予她一种感觉,仿佛众神已经和解,而且令她感到,赢得了心爱的男人,便是为整个世界赢得了某种东西……回家道路极其泥泞,而老人的致意始终伴随着她。他将身体从污浊中拯救出来,使世人的讥讽不再刺痛。他让她认识到,率直的情欲是神圣的。好多年后,她还常常对自己说,"一直没搞懂,他究竟如何让她变得坚强起来。仿佛他让她一下子明白了,万物乃是一个整体"。

不过这一切也正是露西本身对爱和真理的向往以及对自我意识觉醒的追求的结果。一个被翡冷翠选中的走出了中世纪、开始了新生活的爱欲者。

麦田出版社的繁体字译本将《看得见风景的房间》命名为《窗外有蓝天》,可是不论天蓝还是天灰灰,不论"水光潋滟晴方好"还是"山色空蒙雨亦奇",一处风景都可以是或不是"也无风雨也无晴"的"风景",只要身处的房间能够看得见那片风景,不是吗?

第四章　雌雄同体的绿色的理性、爱与激情

——詹姆斯·乔伊斯的《尤利西斯》

你在写什么？什么都觉得？原来原来……

爱尔兰作家詹姆斯·乔伊斯（James Joyce）生于 1882 年的都柏林，他兼具小说家与诗人的身份，并且还是教师和文学批评家。他享年 59 岁（卒于 1941 年），和弗吉尼亚·伍尔芙（Adeline Virginia Woolf）同年去世，后者比前者晚两个半月，不过伍尔夫系自杀去世，乔伊斯系病逝。

乔伊斯最主要的作品为以下四部：《都柏林人》《一个青年艺术家的画像》《尤利西斯》《芬尼根的守灵夜》。金隄将《一个青年艺术家的画像》（*A Portrait of the Artist as a Young Man*）书名中的 portrait 译为"刻画"，此书被看作斯蒂汾·代达勒斯的前传。如果想多了解斯蒂汾，可以阅读《一个青年艺术家的画像》，该书讲的正是他的青年艺术家时期——在法国完成学业后回到都柏林，开始艺术家和青

年历史教师的生涯。乔伊斯的两部出了名难读的代表作是《尤利西斯》(*Ulysses*)和《芬尼根的守灵夜》(*Finnegans Wake*),如果前者是人的天书,那么后者就是神的天书,而且可以毫不夸张地说连神也读不懂。所以谈论《芬尼根的守灵夜》(戴从容能译就此书实在了不起)的人非常之少,比谈论《尤利西斯》的人还要少得多。因此乔伊斯也遭到了很大的批判,比如博尔赫斯对《芬尼根的守灵夜》的批判——他把这本小说比作没有生气的同形异义文字游戏的编织物。这在形式上确实非常符合《芬尼根的守灵夜》的内容,言外之意是这部小说没有一个常规的框架。我们可以称之为一部"没有个性的书"。乔伊斯的老婆诺拉曾经问过他:"你就不能写一点别人看得懂的东西吗?"虽然她这么质问乔伊斯,但还是一路帮助他写作、出书等等。乔伊斯还有别的相对较为次要的作品,例如《室内乐》(*Chamber Music*),系他的一部诗集。而他的一部剧作《流亡者》在 2020 年左右被翻译成中文,但阅读者亦是寥寥无几。

《尤利西斯》最早在美国杂志《小评论》(*The Little Review*)上发表,分章刊行。《尤利西斯》书稿最早是由埃兹拉·庞德(Ezra Pound)牵头联系这一杂志的,当时的主编认为这是部精英性的小说。庞德和编辑们虽然觉得普通读者

第四章 雌雄同体的绿色的理性、爱与激情

可能因为不太读得懂,故不会很喜欢这本书,但他们认为这没有关系,即便影响销量但不妨碍发行,相反还会因精英人士的阅读而提高本刊的品格。普鲁斯特的沙龙、乔伊斯的酒馆,不知庞德和编辑们所谓的"精英人士"是否也曾出入过两位作家最擅长刻画的这两个场地。

看过《尤利西斯》的读者就知道,对乔伊斯最大的侮辱莫过于说他是名英国作家。茅盾起初在1922年的《小说月报》里介绍乔伊斯和《尤利西斯》时,倒没说他是英国作家,但误认他为美国作家。大概因为《尤利西斯》最早在美国分章发行,所以茅盾以为他是美国作家,这也算是关于乔伊斯相对友好的身份认知了。

《尤利西斯》先后在美国和英国被禁,最终由法国巴黎的莎士比亚书店老板西尔维娅·毕奇(Sylvia Beach)完成出版。这部小说的发表之路可谓命途多舛,在英美国家遭到多番禁令,连带《小杂志》一起受到了各种抨击乃至诉讼。这也反过来说明了法国人的开放所具有的两面性——一方面法国因为开放而脏乱,另一方面也因此展现了更多的包容性。乔伊斯"黑"了莎士比亚一辈子,最终还是在莎士比亚书店的帮助下出版了自己这本小说,可谓无巧不成书。

虽然《尤利西斯》反复提及莎士比亚其人其作,不过这

本书首先对应的仍是《奥德修纪》(又译《奥德赛》)这部"荷马史诗",兼及他可能比较喜欢的一些爱尔兰诗人。《尤利西斯》和《芬尼根的守灵夜》与但丁的《神曲》关系也特别大。总而言之,《尤利西斯》的文本间性与可谈要素非常之深,既有趣又庞杂,所以一些初入门的读者觉得难以读懂也可以理解。然而,若是一名文学家,或者创作者,读这本书无法一下子"爱住"的话,就要思考自己的文学热情是否不够或是时候给自己加大文学疗养的"剂量"了。

一、《尤利西斯》的译介、形式/实验、语言

《尤利西斯》除了金隄和萧乾、文洁若夫妇的译本(以下文本引用以金译本为准并简称后者为萧-文译本),还有刘象愚翻译的一个较新的版本。在老骥伏枥的状态下他还能翻译出第三个译本,这是非常感人并引人深思的。刘象愚生于1941年,他译的《尤利西斯》出版于2021年,他将其称为译不可译之"天书"。虽然叶君健曾说:"中国只有钱锺书能译《尤利西斯》,因为汉字不够用,钱先生能边译边造词",但当年同样高龄的钱锺书在受邀翻译这部著作时,婉拒了

第四章 雌雄同体的绿色的理性、爱与激情

这一期许,并说道:"八十衰翁,再来自寻烦恼讨苦吃,那就仿佛别开生面的自杀了。"自然,刘象愚这么做也说明他对前面两个译本有所不满。如果前面的金译本和萧-文译本很完美,或者无法超越,他也不会亲自重新翻译。所以我们也可以通过阅读刘象愚新译本,来了解国内可能对《尤利西斯》的最新研究以及阐释达到的深度。哦,乔伊斯终究还是比理查逊和普鲁斯特甚至托马斯·曼更幸运一些。普鲁斯特的第一卷"叕"(zhuó)有新译本了,译者们翻译普鲁斯特就像是学生们背诵图书馆里的外文词典一样,字母 A 上每每布满了多彩的笔迹,到了字母 Z 上或干脆从 E 算起便仿佛有了资格宣称自己依然还能算是一部崭新的旧书。

在《尤利西斯》的三个中译本里,金隄的译本不论在文风上还是注解上,读来都已经是最容易的一版。如果是具有英语背景的读者,不管是美国人还是英国人,他读原版《尤利西斯》的困难绝对比我们读中文版《尤利西斯》更大,因为原版富涵更多因素——比如原著语言上的一些矛盾,新的拼贴词,抑或乔伊斯对词汇的改写,都会使读者面临更大的困难和挑战,所以阅读译本的我们已经算是减负爬行了。能阅读宇文所安(Stephen Owen)翻译的英文版杜甫,谁还需要仇兆鳌的《杜诗详注》呢?然而,减负本身意味着

偷懒，我们面对的《尤利西斯》的译本，虽然相对原著好读不少，但必有一一对应"不少"的不足之处，最后的还原肯定还是要回到语言问题之中。解读一部经典著作，可以尝试先通读，然后回归到一个从语言到思想的过程之中。

夏志清曾认为乔伊斯的《尤利西斯》是一条死路。萧乾则抱有一种矛盾的态度，他一边与妻子文洁若一起翻译这本书，一边思考这部小说到底是一条死路还是一个充满希望的文学的未来写作方式。金隄则对此没有任何怀疑，他十分笃信乔伊斯这部作品的价值。徐志摩读《尤利西斯》，评价这本小说是流畅的 prose（散文体作品），非常丝滑，乃大手笔。可见《尤利西斯》这部作品争议颇多，褒贬不一，而这也恰恰是高艺术水准作品的表征之一。

《尤利西斯》全书共分为三部十八章。第一部分为三章，主角为斯蒂汾·代达勒斯（萧-文译斯蒂汾·迪达勒斯）；第二部共九章，主角偏向利奥波尔德·布卢姆（萧-文译利奥波德·布卢姆），他对应着古希腊的尤利西斯（奥德修斯）本人；在同分为三章的第三部中，我们还会看到莫莉本尊（之前我们只是从旁听闻他者对斯人的论语）。

《尤利西斯》是一部内容上非常现实主义的作品，越到后面形式又越复杂，甚至到了每一章各有各的形式的程度。

第四章 雌雄同体的绿色的理性、爱与激情

该小说最典型的形式之一内心独白,乃一大特色,会让人觉得真实到了骨子里,当现实生活中的我们内心思绪万千时,也便正是如此。乔伊斯就是通过他的这种写作形式将真实很贴切地展现了出来。小说中还有很多思考、对话以及叙述中自带的意识流——比如潜在的叙述者想着想着或者讲着讲着就开始骂某种想法本身,思考怎么能说这样的话,是不是有病之类的,有时往往就是作者乔伊斯在说自己"有病",然后又接着往下继续叙述,这便是一种颇具乔伊斯风格的形式。这种形式一反之前的文学创作规则和形式,但是又非常贴近我们内心极为真实的感受,所以它在这个意义上符合"真实"这一概念,甚至符合"现实主义"在新的现代乃至后现代的概念。因此有人说乔伊斯是现代主义之父,有人甚至说他是后现代主义之父,都可以说是名副其实。后现代主义戏剧之父或后现代戏剧之王贝克特的风格就是非常乔伊斯式的。鉴于贝克特曾是乔伊斯《芬尼根的守灵夜》的手稿整理者,贝克特的文风养成可谓渊源有自。

乔伊斯同时是一位有意但并不显得刻意炫学的炫技之王,这点尤其体现在他的实验写作上。很多人不断在文学、音乐、绘画、建筑、电影等艺术中进行实验,但是有些人的实验只是实验,换言之,过了一段时日就不会有人再在乎他们

的作品。然而乔伊斯成功地专项化了《尤利西斯》这样一个实验成果。这一实验被定格了下来,并且成为后世模仿的对象,成了经典本身。让我们更精确地从实验角度重整上一段的控制变量和仪器设备:作者(A)的自我指涉(D)、叙事者(B)的情节推进(E)、角色人物(C、C+、C++)的内心独白(F),这几重因素的排列组合所触发的效验及其环境均须考虑在内。也就是说,在《尤利西斯》中,我们随时会遭遇A通过F预兆或追忆C的暴沸,或者发现B与C++一起正在将E和D试探性地进行分馏处理。

回到《尤利西斯》的语言问题,不少读者可能会疑惑在几名对话者之间或在都柏林这么一座城市里真的会出现这么多用语和外语吗?是有可能的。不论是乔伊斯的时代,还是他的地域,皆和我们现在的境况大不相同。如果在我们这个时代,即《尤利西斯》出版一百年后的中国,写一部接近真实的、乔伊斯式的现实主义作品,我们也会运用到一些外语。英语自然不必说,很多英语已经被我们改成了一种中文式的表达。而且理应在写到不一样的人说话时会采用不一样的语言。比如我们的父辈母辈,假设他们是普通百姓并且在看抗日剧,然后模仿那些日本人的用语,由于他们看的不是流行的日漫,所以他们讲的可能就是属于他们交际范围内的语

第四章 雌雄同体的绿色的理性、爱与激情

言,比如发音是:叽里咕噜,稀里哗啦。他们预设大家交流的时候都能理解他们在模拟日本人说话。但是我们这一代接触的日语又和他们不同,我们看日漫日剧,即便不懂日语,但也可能会模仿着讲一些简单的"呀嘛喋"之类的词句,这相比前者更接近日文发音本身。所以在不一样的人物身上,就会有不一样的语言风格,这就是非常真实的语言特色。对乔伊斯而言,在爱尔兰英语背景下,他既懂爱尔兰语、盖尔语,在英语之外又会欧洲各国语言等等。在欧洲偌大的土地上,诸语言之间穿插的情况是非常正常的,就像碰到不一样的人用不一样的语言。例如我们去上海玩会学到"小册老"之类的上海话,然后在山东待久了或许会习惯地发出"hin 好"这样的偏山东式的口音。可能 100 年后的美国人读"中国的乔伊斯"作品会觉得很夸张,但这正体现了我们真实的语言特色。而且,乔伊斯也知道莎士比亚早就力行过这一点。

二、巨人之战中的戏仿……是奥德修斯,是哈姆雷特,亦是乔伊斯本人

《尤利西斯》屡次写到与莎士比亚相关的林林总总,例

如不断提到莎士比亚的老婆安妮,以及十四行诗里的未解之谜黑夫人,还有"图书馆之争"(第九章)里屡次谈到莎士比亚遗留给他老婆次好的床,不给最好的床等等。值得注意的是,这部小说中最多的互文本性指向了莎士比亚的《哈姆雷特》。我们可以看到乔伊斯不断运用哈姆雷特的故事,包括将哈姆雷特的父亲老哈姆雷特,甚至哈姆雷特的"儿子"、莎士比亚的儿子进行近乎发疯地穿插论述。这论述使人不得不想到哈罗德·戈达德(哈罗德·布鲁姆之前的另一位哈罗德,是启发布鲁姆甚深的莎士比亚研究专家),他在《莎士比亚的意义》一书里讲到哈姆雷特是一个未成熟的莎士比亚,莎士比亚则是没有自杀的成熟后的哈姆雷特。《哈姆雷特》绝对是这部小说中被最主要呈现的一部莎剧,哈姆雷特和父亲母亲以及朋友之间的关系是乔伊斯萃取并提弄的一条重要线索。乔伊斯还引用了哈姆雷特最好的也是唯一的朋友霍拉旭说的"男人不能让我感兴趣,女人也不能让我感兴趣"。这种怀疑主义和虚无主义的态度,很好地体现出主角之一斯蒂汾·代达勒斯的人物特点,读者也可以理解为斯蒂汾和乔伊斯共享了类似的态度,他们都有浮士德的精神,又都有虚无主义这一面,于是这亦可算作乔伊斯自己隐秘的文学思想。斯蒂汾一直是乔伊斯的代言人,

第四章 雌雄同体的绿色的理性、爱与激情

或者说是乔伊斯成长史的一套青春版剪辑。实际上文本中斯蒂汾和乔伊斯的关系更为复杂,尤其是在第一部走向有了布卢姆的第二部之后。可以做到抽出自己的一部分化身斯蒂汾的乔伊斯,当然就已经在第一部便超越了普通作家、小说家的那种过于大篇幅地将私人经历包含在小说中的手法了。当然,普鲁斯特和托马斯·曼除外。

如果莫莉·布卢姆秉持更多的是肉欲主义,布卢姆则可能偏怯懦、忍受的形象,而斯蒂汾的虚无中却包含思考和斗争。乔伊斯本人则比斯蒂汾做得更多、更好、更努力,更突破了他自己的虚无主义。不论是他的创作,对爱尔兰的论述和为了解放爱尔兰的奋斗,还是整个文学生涯,都说明他就是长大了的、成熟了的斯蒂汾,陷入这种虚无主义中的斯蒂汾则是曾经的乔伊斯自己。

乔伊斯还提到了其他莎士比亚剧作例如《尤利乌斯·恺撒》,恺撒和布鲁图斯其实是这部剧的双主角。又如《罗密欧和朱丽叶》,以及莎士比亚的一些喜剧像《皆大欢喜》,传奇剧像《暴风雨》《冬天的故事》等等,几乎就如歌德的威廉·麦斯特那样——《威廉·麦斯特的学习时代》这部小说讲到威廉·麦斯特怎样表演《哈姆雷特》这部剧,《尤利西斯》也是如此,不断讲莎士比亚这些剧里的问题,包括对其

中一些情节进行了很多分析式的文学创作乃至演绎。在小说开端,乔伊斯写母亲、大海等意象,又写手上的血怎么样也洗不干净,其实就是借用了麦克白夫人洗手上的血的情节。又比如第五章中班塔姆赌马输了以后,说了句"脆弱啊,你的名字叫权杖",正对应了莎士比亚作品中的名句"脆弱啊,你的名字是女人"。我们知道这是《哈姆雷特》中的一句话,当时哈姆雷特发现他父亲刚死,母亲就要改嫁,就叹了这句。如果莎士比亚只是说"女人啊,你的名字叫脆弱",或者说,"女人啊,你真是脆弱",那就成了一句很平常的话,但是莎士比亚把这句话倒着说,就变得很有意味,这其实和中世纪的唯名论与实在论之争有关。这样的哲学背景被日常化并运用到文学描述之中,也隐含了哲学融入文学的相关概念史。乔伊斯"无微不至"地进行着这样的一些戏仿。一方面,小说中乔伊斯将莎士比亚的英国与乔伊斯的爱尔兰相对照,他通过剧中的话语"黑"莎士比亚;另一方面,莎剧情节和人性刻画,都已经深入乔伊斯的骨髓。他绝对把莎士比亚当作自己精神上的、文学上的父亲来对待;而莎士比亚也正是他精神上要弑的那个父亲。乔伊斯会在小说中不断地谈论莎士比亚,甚至非常之多地谈论莎士比亚研究史、学术史中的各脉。乔伊斯的论述充分体现了他对莎翁的

第四章 雌雄同体的绿色的理性、爱与激情

兴趣,否则他不可能去谈整个英国乃至爱尔兰的莎士比亚研究史。爱尔兰现代文学啊,你的精神父亲是莎士比亚文学,"兀的不闷杀人也么哥"?

关于《尤利西斯》与《荷马史诗·奥德赛》的相互对照,纳博科夫的批评是最多的(他本身是一个非常难取悦的人)。他认为《荷马史诗》对《尤利西斯》这部作品的影响只是一种古代神话般的陈旧之物,只是寓言式的内容在一个新的作品里的表达而已。简言之,他觉得没有什么对应意义。而实际上,情况完全不是这样。我们知道这部小说中的人物都是有对照的,比如斯蒂汾对照特勒马科斯;布卢姆对照尤利西斯;莫莉对照佩涅洛佩,这三个人物之间所对照/象征的尤利西斯一家三口是最明显的,此外一些小人物也有很多对照。而人物之对照还只是其中的冰山一角。

情节对照上像斯蒂汾做的梦,包含了东方元素、土耳其元素……读到后面我们将发现与土耳其帽和土耳其红拖鞋有关的梦是一个联通双梦,也就是说布卢姆也做了同一个梦(在他当天起床上厕所前后那段时间)。他在想到莫莉的时候,又想到了这个梦。换言之,小说伊始,斯蒂汾和布卢姆的双线情节安排就是并行的,后来又交叉在一起。两人的双线情节从这个梦开始,这也是他们两人在这部小说里

正式接触的点,当然更早的时候他们已经有过两次接触。一次是斯蒂汾5岁的时候,另一次是斯蒂汾和西蒙·代达勒斯(斯蒂汾生父)在一起的时候。这是关于二人之前历史的一个回顾,本书第十七章(问答体)中的一个提问涉及了这一点。然后在当下发生的故事中,乔伊斯写到当天他们无意间见过彼此两到三次——参加葬礼的马车上一次,然后图书馆一次(没有怎么描写),最后在酒馆和妓院的见面是他们最终的一次相会。其实这个一起做的梦是他们当日最早的相会,预示着他们在小说中终将见面,这种描述就是《荷马史诗》预言式的先启。比如我们知道"阿喀琉斯之死",他母亲忒提斯早就知道如果他去打仗就会死。这其实是埋得很深的一些线索,类似的线索在《尤利西斯》中的都柏林里遍地都是。通过这些线索,读者可以发现在里面看似晦涩难懂的一些点中,寓居了乔伊斯的真正的意涵所在。也就是说,对于《尤利西斯》这部作品如果看不懂,不是无法懂,只是没搞懂。

至于布卢姆回家以后和莫莉的关系像是奥德修斯回到家园伊塔卡以后和佩涅洛佩重修于好的关系。从莫莉的回应中也可以看出他们至少是继续保持着夫妻的状态。但是在很多地方又是相反的——比如,至少我们很清楚佩涅洛

第四章　雌雄同体的绿色的理性、爱与激情

佩是忠贞的,莫莉则是花心的;又如奥德修斯联合了儿子将家里混吃混喝的求婚者全部斩杀,布卢姆则明知莫莉与人通奸却无所作为,并且还带了象征性的儿子斯蒂汾回来以便讨好妻子。然而,不能完全说乔伊斯在借古讽今,因为布卢姆和尤利西斯(也就是奥德修斯)他们都是一个具有完整人格的形象,且是正面的形象,虽然他们也有自己的缺点。布卢姆在很多地方甚至是超越奥德修斯的,而不是简单地像批评家们批评的那样——以为乔伊斯拿看似降格的布卢姆来抨击现代精神的虚无,讽刺布卢姆碌碌无为,说他是个懦夫等等,这是一种非常肤浅的道德式的批评。读者应当对大批评家再大胆一点,对大作家再小心一点。布卢姆对待妻子莫莉的做法其实是真爱的模样。另外,从他对朋友、对他人的很多行为中也可以看出他至少是一个很善良的好人。看过这本书的读者应该了解布卢姆的遭遇——父亲早早就自杀;莫莉和他之间又不太能够互相理解;他的儿子生出来11天就死了,此后他不断地哀悼这一事件;布卢姆身体又出了一些问题,这也是他和莫莉关系不亲密的原因之一。关键他还是个匈牙利裔犹太人,这样的身份在爱尔兰生活是非常边缘化乃至悲惨的。所以乔伊斯并不是单一地展现布卢姆某方面的特质,而是全景式地泼洒了他的复杂性与柔韧度。

有的读者在看了纳博科夫的《文学讲稿》中分析乔伊斯《尤利西斯》的部分之后,发现自己《尤利西斯》白看了。其实只有在读了《尤利西斯》之后,再读纳博科夫这本书,才能产生这种感想。(哈罗德·布鲁姆的《西方正典》与歌德的《浮士德》之间也存在着类似的关系。)如果没有读完《尤利西斯》,那就完全是另一个故事了,读者肯定不知道纳博科夫在讲什么,从而无法觉察到纳博科夫挖掘了自己没发现的点。这就是文学上的"巨人之战"。我们要从"巨人"的脚下爬上"巨人"的肩膀,观看一场场"巨人之战"。就像有些学者评论钱锺书的研究,说钱锺书是在半云端里看厮杀,意指钱锺书的思想境界比较高,他不会只落到现实程度来讨论一些文学作品。如果我们也比较超然,就也可以去半云端里看"巨人之战",看"巨人厮杀"。只是有时,人们很难实践性地参与其中。

三、聚焦于三位主角的形质探讨——理性、爱与激情

1. 斯蒂汾——理性(的细节):

在《尤利西斯》的第一章中,斯蒂汾和都柏林三一学院

第四章　雌雄同体的绿色的理性、爱与激情

医科生马利根(萧-文译穆利根)发生了争执,他对马利根有些生气,因为马利根曾对母亲说自己的母亲"挺了狗腿"。"挺了狗腿"的英文原文是 beastly dead。Beast 就是野兽的意思,所以该词组的原意就是像禽兽那样死了,金隄翻译为"挺了狗腿子",也有译者把这句话翻译为"令人厌恶地死了"或者"很恶心地死了",可谓都把握了一定的含义。这是《尤利西斯》为何极难翻译的一例。又如他在意识流中不断想到的一些词像 level、land、lazy、liquor,把它们翻译成中文就是:平坦的、大地、缓慢或者懒惰、酒。乔伊斯在一句话里面把这些词砌在一起,其实是用了头韵法,而这一头韵法暗示了他的意识流的一种触发或运行方式。阅读《尤利西斯》的译本时,读者可能会困惑,他为什么会联想到看起来完全没有关联的内容?同时读起来也可能感到更晦涩了,原因之一是我们没看到借用了头韵或谐音的原文。当我们去读原文的这些词句,发现是 level、land、lazy、liquor 的话,我们就能更好地理解他为什么进行这样一番联想。继续以第一章为例,牛津大学学生海因斯(萧-文译海恩斯)为了搜集和研究凯尔特神话来到爱尔兰,斯蒂汾和海因斯便构成了爱尔兰和英国互相对话的关系。海因斯本来想去国立图书馆,结果在马利根的邀请下转意先去游泳。因为游泳时

需要洗洗擦擦，于是斯蒂汾（或乔伊斯有意）又联想到了《麦克白》的相应文本，写他们的洗擦就像麦克白夫人怎么洗擦也洗擦不掉手上红色的血迹。一方面，这是一个很简单的隐喻，暗示爱尔兰遭到英国的迫害以及英国可能抱有的内疚和忏悔，或许也只是鳄鱼的眼泪。另一方面，乔伊斯使用的描述词汇比如 agenbite of inwit 是中古英语，也就是法语的 remords de conscience，意为良心的悔痛等等。小说后续依旧不断出现 agenbite 或者 remords，当这个意涵再次出现时，如果我们不求助词典或者忘了前面出现过同一词语，会很难想到原来该处再次提及了前述的同一个问题。此外，乔伊斯会将很多联想方式或形式横空切断——不加引号也不加转折，设置我们去加以联想的可能性的阻碍。

说回马利根的 usurper（第一章末尾提到的篡夺者、僭越者身份）、他对斯蒂汾的侮辱。从一般的情感角度也可以认为马利根只是在"打嘴炮"，只是跟自己母亲说话时一瞬间 spitballing（嘴瓢）。信口雌黄可能只是逞一时之嘴快，也可能因为面神发炎或气血亏虚，但是还可能因为他和斯蒂汾更熟，和斯蒂汾的母亲没那么熟，故而斯蒂汾认为马利根是在侮辱自己，指桑骂槐加换喻。当马利根说斯蒂汾的母亲"挺狗腿"的时候——加上马利根又是寄生在斯蒂汾住

第四章 雌雄同体的绿色的理性、爱与激情

所——其实话语中很可能包含了对斯蒂汾本人的不屑。就像某某学者研究某某作家,然后另一位学者说这位作家不怎么样,其实就可能是在表示对前一位学者而非被研究的作家本身的不屑。这说明马利根确实是一个歌德式的靡菲斯特的魔鬼形象。一方面,靡菲斯特和浮士德与马利根和斯蒂汾是一体两面的;另一方面,马利根可能代表乔伊斯去讲述对天主教的不满,表达了撒旦式的虚无以及反天主教式抑或无神论式的神学精神,或反神学精神,或吉莱斯皮式的现代性的神学起源精神。书中写到的斯蒂汾对母亲死时惨状的亲历,也令人不得不想到普鲁斯特在《追忆似水年华》中对外婆之死的呈现,还有毛姆在一部小说中穿插的闲笔——有的作家在其挚爱的亲人弥留之际还会关注到亲人快死的样子,以及旁人的形象表现,从而思考怎么样把这些真情实感写到小说中去,转变成活的文字,这是真正有写作天赋的人。这当然是很讽刺、很矛盾的一个问题,是有点反人性但又非常符合人性的一个细节。此外,这部分还提到斯蒂汾看到海边的石头上有一只小狗,纳博科夫通过细节分析后得出结论:小狗跑来跑去是在埋它的奶奶。

来到第二章,斯蒂汾是从巴黎回来教历史的一名青年教师。入职第 3 个月,马利根让斯蒂汾去"金库"领工资,因

为马利根像寄生虫一样(马利根的房租都是斯蒂汾付的)急着用斯蒂汾的钱。斯蒂汾去学校领钱时,校长戴汐(萧-文译迪希)不断和他聊各种与政治、社会和历史相关的爱尔兰的现实问题。这里乔伊斯描绘的自说自话很有趣——戴汐校长讲的各个史实基本都是错的,比如谁在哪一年死了,实际上他说的那个人是在后一年死的。戴汐校长讲的每个史实都是乔伊斯蓄意的或事先张扬的错误。这次对话的最后是一波比较反讽的小高潮——乔伊斯对犹太人的一段"伪拟思伤人"(而布卢姆是犹太人)。戴汐校长说:"我们爱尔兰人就没有迫害犹太人,虽然哪里有犹太人,哪里就工作瘫痪、事业瘫痪、城市瘫痪。"那个时候的爱尔兰有几百万人,其中犹太人也就四千人左右,所以后者在总体比例上只占很小一部分。彼时斯蒂汾已经领了钱出了门,但是戴汐校长还追上去和他说:"我就说一句话……爱尔兰,人们说她很光荣,是唯一的从来没有迫害过犹太人的国家。你知道吗?……你知道这是为什么吗?"当然,领导说一句话肯定是不止一句话的,校长设置了悬念以后紧接着陈述的乃是唯一接近真相的一个史实,他说道:"因为爱尔兰从来没有放他们进来过",他或乔伊斯没有讲但等于讲了的就是:我们从来不放犹太人进来,所以他们没有机会受到迫害,我们

第四章　雌雄同体的绿色的理性、爱与激情

一开始就不给他们任何在爱尔兰活的机会。这都是一些很微小的细节，同时是草蛇灰线，预示着后文中布卢姆不断地被鄙视，无端地被辱骂。对于校长的话，斯蒂汾未发一言。

乔伊斯是一位十足的"细节控"，且能将对人物的绘声绘影与对情节的多线演绎完美地缝合在无意之间。有些非常接地气的细节像斯蒂汾的鼻屎、布卢姆上厕所"拉大号"等都十分反媚俗，以至于有一种非常 cult 的味道。难怪昆德拉这么爱乔伊斯，因为他也喜欢描写看似粗俗之事物。斯蒂汾和马利根可以说是虚无的两面，而排泄恰恰是虚无的象征，这反映了乔伊斯和象征主义的关系，不过不能完全以象征主义来概括他。斯蒂汾虽然有虚无主义之态势，但是他又不愿意像马利根那样做一个纯粹的物质主义者、享乐主义者。他在巴黎时经常独处并沉浸在亚里士多德的著作中，有点 geek 的意味。斯蒂汾想到灵魂是形式的形式，其实这是古典哲学非常重要的与灵魂论相关的论述。在乔伊斯的笔下，斯蒂汾是一个偏理性的又颇具文学和艺术修养的人物形象。其实从小说细节中可以看出，他父亲西蒙·代达勒斯也有类似天赋，但是他父亲选择了一条很俗的道路。例如他父亲看到英国驻爱尔兰的都督之类的家伙，会奴性十足地鞠躬等等，斯蒂汾因此感到自己父亲有卖

国贼的面相。西蒙·代达勒斯还是一个不怎么好的父亲，例如他不太关心儿子的一些好不容易达到的成就；又如布卢姆去参加狄格南的葬礼时，西蒙·代达勒斯在那边说自杀的都是懦夫等等（可叹他不知道布卢姆的父亲是如何离世的）。所以斯蒂汾与自己的妹妹们都和父亲西蒙·代达勒斯断绝了往来。乔伊斯通过斯蒂汾与其父亲的情感关系刻画出了一种潜在的冲突，这种包含仇恨、漠视或者误解的人际关系，溢出真实悲凉、细节满满的笔触展现。

我们从斯蒂汾和四个妹妹的相处之中又可以看出他的另一面。有一次（第十章）斯蒂汾碰到了和自己长得最像的妹妹迪莉，发现妹妹买了一本掉了封皮的夏登纳尔《法语初级读本》（多么细致、精确、动人的小点）。斯蒂汾就问她要学法语吗？然后妹妹以颇为羞涩的方式表达了肯定，乔伊斯该如何用短短几句话传递这种看似无足轻重的一次随意的兄妹交流呢？我们只能求助于原文以体会一二了：

> 她点点头，红着脸抿紧了嘴。
> 不要表示惊讶。很自然的事。
> ——给，斯蒂汾说。还可以。小心别让玛吉给你当掉了。我的书恐怕全完了吧。

第四章 雌雄同体的绿色的理性、爱与激情

——一部分,迪莉说。我们没有办法。

她快淹死了。内疚。救救她吧。内疚。我们无路可走。她会把我也带下水去淹死的,眼睛、头发。松散的海草头发,缠绕着我、我的心、我的灵魂。盐绿的死亡。

我们。

良心的内疚。良心中有内疚。

悲惨! 悲惨!①

没了。没有引号,有时连人称也不需要……这里是在指涉哈姆雷特的女友奥菲莉娅吗? 那么斯蒂汾就做得比哈姆雷特要好多了。这里与同年出版的艾略特(T. S. Eliot)的长诗《荒原》(*The Waste Land*)有关系吗? 或者只是一种感触呢? 我们也不知道,一切要靠我们自己去"臆测"。玛吉是最大的妹妹,这里也不需要专门说明。在如此窥探和感知到爱妹的内疚时也依然会产生对方可能把自己拖下水的自我心理吗? 很有可能。这反而更实在,也更通过自私之花蕊点衬出无私情操之花苞的美丽动人。兄妹之间的这种情感是非常真挚切身的,从别处的细节也可以看出斯蒂

---

① [爱尔兰]詹姆斯·乔伊斯:《尤利西斯》(上),第381—382页。

汾很关爱自己的妹妹们,这是一个有担当的哥哥的角色,至少他和她们有一些全心全意的交流。乔伊斯对布卢姆的相关描述相比之下更为零散,他描写斯蒂汾的内容则可能更集中,这涉及乔伊斯对布卢姆、斯蒂汾和莫莉三人不同的刻画方式。斯蒂汾主要是一个老师或艺术家的形象,他的思维包括着对爱尔兰历史的思考,所以斯蒂汾的形象或者说思路在乔伊斯的笔触中实际是更偏逻辑性和条理性的。写哪位就采取跟他/她类似的话语和格式,这是小说不小的一种笔法。

2. 布卢姆——爱或新工具?

乔伊斯铺张布卢姆的篇幅无疑更大,布卢姆的思绪要负责串联起整部现代史诗情节的功能,就像荷马的奥德修斯/尤利西斯。尤利西斯是第一主角,他串联起全体《奥德赛》的叙事,所以在20世纪爱尔兰"奥德修纪"故事的刻画中,乔伊斯对斯蒂汾和布卢姆落笔的风格或手法是不一样的。其实布卢姆也既有零散、杂乱的思维,又颇具逻辑性的思维。这恰恰很好地体现出了布卢姆的身份——一个在爱尔兰生活的犹太人。他负责沟通起前面的斯蒂汾和后面的莫莉。乔伊斯对莫莉的塑造又有所不同。莫莉先是存在于人们的口耳相传与布卢姆的思绪之中,直到小说最后部分

第四章 雌雄同体的绿色的理性、爱与激情

才真正出现。而结尾占据了40页的无标点的莫莉独白,和对前面两位主人公抒写用的手法又完全不一样,这显现了乔伊斯对三位主角的不同处理。他可以用大相径庭的技巧去创造这三个人物,换成别的作家可能就做不到。比如,注意力集中于雅罗米尔的昆德拉至少在《生活在别处》一书里就没办法或没注重这样去刻画不同人物,但是乔伊斯就专注于实现这类"花开三朵""帽子戏法"。这一点在小说中不同的小人物身上就更明显,真如万花筒一般。比如,康眉神父(一译"康米"),他在《一个青年艺术家的肖像》里面也出现过,其原型是乔伊斯本人真实读过的学校里的校长,所以乔伊斯非常看重康眉神父,把他当作一个好老师去塑造与尊重。

《红楼梦》里的人物当比《尤利西斯》中的人物更多,但后者也不少,话里话外起码穿插了50号以上的鲜活人物。《尤利西斯》中的每个人都有不一样的特点,任何人物再次出现时,乔伊斯都不会写这人刚刚出现过或直接帮助读者回忆,只会提供呼应这个人之前行为举止的相关要素——这个人在这一天还是在做这件事情,或者他还是在想同样的问题,又或者他还是遭遇着同样的情况。在几十页或者几百页后,在几万字之后这个人物再次出现时,乔伊斯或许

会用象征-隐喻式的手法表达一种新的情形,他也可以继续讲同一件事情,要么也可能花一页或者一句的篇幅接着讲后续。《红楼梦》可能涉及手稿性质,所以里面有些角色前面写了后面突然就没了(loose ends),或者看似同一名角色前后名字不一样或者性格与情节上起了一些费解的矛盾。然而,就目前来看,乔伊斯的人物暂未起过类似的冲突,这并非出于偶然,他是有意地在偶然中不让他们起任何矛盾,也就是说,诸角色之演绎具有偶发性质但是又完全符合一本书的故事逻辑。可见乔伊斯的铺垫非常之好,或者说他对所有人物的把握确实是像把他们都放在了一张地图之上,把边界测绘得清清楚楚,即便专业的卡夫卡的K们读了都要叫好三声。同时乔伊斯又突破了莱辛的文学规则,不仅在时间上完满了叙事艺术,也在空间上让这叙事艺术达到完美,都柏林的海岸、机构、校园、酒馆纷纷跃然纸上,点、线、面、体、四维动量。可见《尤利西斯》等现代经典小说是可以超越莱辛或现代理论对艺术定义的框架的。

除了人物安排之外,乔伊斯还会"抠"各类细节。例如布卢姆买了一块肥皂(第五章,其中的色情意味可类比鲁迅的《肥皂》),这块肥皂就一直被他放在了兜里。到了第六章,乔伊斯写到布卢姆因为这块肥皂在马车上坐着不太舒

第四章 雌雄同体的绿色的理性、爱与激情

服,于是考虑到在下马车的过程中将肥皂挪一挪位置,然后很跳脱地让布卢姆继续想与肥皂完全无关的事情(这样看起来很跳脱的文字过渡却能逼近真实生活中的意识流动)。后来因为布卢姆出汗等事情,这块肥皂摸起来都有点黏腻了,第八章、第十一章各因此出现一句与肥皂相关的思绪。第十三章则因肥皂散发的柠檬气味而勾出肥皂物件。然后他在妓院里和从妓院里出来的时候,他又想到这块肥皂变成了一块全新的肥皂,肥皂与他是最好的伙伴(第十五章)——酒精与梦幻折射了他的思维投影。乔伊斯通过对一些细微事项或物件的皴染将看似语言不自然的故事在逻辑上很自然地贯穿了起来。这些元素其实又都是铺垫,读者读到后面会发现作品前面的踪影皆有迹可循,但是光读一次不容易发现,这也是重读《尤利西斯》的乐趣之一。作为一部大部头的巨作,乔伊斯能牢记这些细节,并将其排列布阵形成组合恒等式,可见他下的功夫之深。他的排列组合借助的工具常常是布卢姆,但他又绝不忘记爱是无条件这项赋予布卢姆人是目的的公式口诀。"

关于时间的叙事艺术,乔伊斯摆弄了文学形式的奇妙手段,比如第一章和第四章的背景时间均为早上八点多,但是第四章讲的是布卢姆部分的开头,而第一章讲的是斯蒂

汾部分的开头。读者如何知道这两件事发生在同一时间？主要是依靠小说安排的细节穿插——比如有些人在一个时间节点(H)走过一个地方，那么在更早时间段(G)同样的人势必还没走到这个地方；同一个人还没走到这里便说明整套故事正处于此人经过这里的时间节点(H)之前的时间段(G)，这是很明显的一些暗示。柏拉图早就在他的对话中娴熟运用之了。要破案还可以借助一些物件线索，比如布卢姆看到一片云，这片云特别大，遮住了整个太阳。细心的读者可以发现在前三章中斯蒂汾也看到了同一片云，如此一来云遮没遮住或是否已经飘离太阳就代表了时间的前、中、后。乔伊斯还进行了大量类似的相关选择、排列，当然他在不同章节捆绑同一片云用的字句是不会完全一样的，只消恰好起到勾出先前阅读的回忆作用便够了。重点是，如果我们记住了这片云，就会发现时间是同一的，即事件推进的客观背景是完全一致的。布卢姆部分的相关事项便常常作为二度出现的元素，发挥了移动赋值给予斯蒂汾与先前叙事的功能。换言之，析构函数只有一个，但构造函数可以有很多个。但如果读者心思粗糙了一点，就会误以为情况是相反的了。

"还在我四十五岁时，十分好心肠的巴塞尔大学的学究

第四章　雌雄同体的绿色的理性、爱与激情

们就使我明白了,我的著作的文学形式乃是我没有读者的原因所在,我应当有所改变才是。"(尼采《权力意志》)尼采如是,乔伊斯亦如是。

《尤利西斯》这部作品中的情节发生年代为 1904 年,其中有不少地方暗示或者明示斯蒂汾是 22 岁,布卢姆是 38 岁左右。乔伊斯自己是 1882 年生人,如果按照这个故事的时间背景推算,作者本人彼时(1904 年)也正处 22 岁。而实际上,乔伊斯于 1914 年开始创作《尤利西斯》那时他已经 32 岁了,写完这本小说是 1921 年了。在写作期间,从 1918 年起,《尤利西斯》陆续在《小评论》杂志上发表,直到 1922 年正式出版。乔伊斯作为作者本人有没有参与《尤利西斯》的情节呢?第六章中记者哈因斯(萧-文译海因斯)问布卢姆参加葬礼的人有哪些。布卢姆和哈因斯聊到麦考伊要准备随时去可能被找到的尸体那边(小说前文提到沙湾有个溺死的人,而麦考伊在都柏林的尸体收容所做验尸官助手),所以他请布卢姆帮忙把他的名字写在葬礼上。此时布卢姆和哈因斯都看到了一个穿雨褛的人,哈因斯就问布卢姆这是谁,但是布卢姆自己也不知道他是谁,就说了一个词:macintosh。于是哈因斯就以为 macintosh 是穿雨褛的人的名字,其实 macintosh 是指"雨衣"这个词本身,而不是人名,

但哈因斯就把这个词当作人名记了下来。后面布卢姆还会不断碰到这个穿雨褂的人,乔伊斯把这个人写得有点像斯蒂汾·代达勒斯,但他显然不是,因为彼时斯蒂汾绝对不在那个地方。这就使得大家很好奇穿雨褂的人到底是谁(就如同《麦克白》中凭空出现的第三名杀手又是谁?),因为这是《尤利西斯》中极少数没有姓名的人,且出现了十几次之多。有灵敏的读者如纳博科夫就认为布卢姆可能瞥见了他的创作者——乔伊斯本人。这就是乔伊斯写得很有趣的一些细节,而这些细节贯穿了整个故事(又是通过布卢姆)。前面提到过《一个青年艺术家的肖像》是关于斯蒂汾的肖像,至于乔伊斯写的另一本书《都柏林人》(*Dubliners*)中也有众多后续成了铺垫《尤利西斯》的前情提要。《都柏林人》看似写的是一个个互不相联的短篇故事,但是这些故事和人物在《尤利西斯》中被很妥帖地再度挪用,或情节,或背景,或技法,都得到了进一步的拓展与延绵。乔伊斯描绘的人物不会让读者觉得他就是乔伊斯自己的写照,其中关于个人经历的隐射肯定是有的,但决不完全限于他本人,他笔下的性格指向的是全都柏林的男男女女。乔伊斯个人则既是更成熟的斯蒂汾,也是更理性的布卢姆。

乔伊斯将故事的时间背景具体设定为 1904 年 6 月 16

第四章　雌雄同体的绿色的理性、爱与激情

日这一天有很多原因,比如第十章中一艘名为"将军号"的船在这一天起火了——因为这算是大事件(现实历史中发生了同样的事情),所以这一天是人们能够记得比较清楚的一天;而且在这一天,乔伊斯本人当年当日曾碰到了一个犹太人,他对犹太人的印象很好,也想写和犹太人有关的内容,于是当时就决定要以短篇的形式写一写这一天;还有说法提到他是在1904年6月16日这一天和他妻子相识的;再有一点是这一天有金杯赛的赛马活动。

英国有赛马传统,从今天的美剧《王冠》中我们依然可以看到已故的英国女王特别喜欢赛马,女王的丈夫则钟爱二驾马车。英国上层阶级热衷赛马这一娱乐活动,就像现在的美国上层阶级热衷高尔夫。同时,赛马又是国民性的盛宴,因为平民可以赌马或把赛马当作谈资。书中的这一日,乔伊斯不断提到赛马的事情,不过匈牙利裔犹太人身份的布卢姆作为一个边缘人或者局外人,对赛马毫无兴趣,甚至不知道这一天赛马的情况如何。乔伊斯将这条暗线埋藏得让人回味无穷。比如,布卢姆在去葬礼的路上看报纸——以前的报纸都会登谁的葬礼在什么时候举办,某人与某人结婚等信息,这大约从歌德时代便已流行——报纸上自然会提及当天的赛马活动。然后,在第五章中有一个

不算朋友的熟人班塔姆在街上问他借了这张报纸,想着自己赌的名为"权杖"的马会不会赢。布卢姆就好心让他把这张报纸拿去,并表示自己已经读完想读的内容了。向对方说自己读完报纸并把它留给盯着赛马报道眼也不眨的班塔姆,这既是布卢姆留下报纸并离开的好托词,也证明了他的好心肠,俾使对方有台阶可下。奈何班塔姆盯报纸盯得十分投入,因为全神贯注于自己赌马的事情而没有很关心布卢姆在说什么。但是当布卢姆对他说,"你拿着吧……我正要扔了",半听半不听的班塔姆当即捕捉到了布卢姆的信号,并误以为信号中的信息为布卢姆让他赌另一匹马——因为当时有一匹名叫"扔扔"(萧-文译扔掉)的赛马,原著中该马匹名为 Throwaway,恰好和布卢姆说的要把报纸扔掉用的词 throw away 一致——所以倾心于赌马的班塔姆误以为布卢姆让他赌"扔扔"取胜,于是就下了赌注。但是班塔姆心里肯定会想这匹马从来没有取得过好成绩,没有人会赌这匹马。随后,在两个人分道扬镳不久,班塔姆遇到《体育》报赛马栏记者莱纳汉并听从了后者的劝告又改了下注的主意(莱纳汉还曾调戏过布卢姆的妻子莫莉)。等到后来布卢姆吃午饭时,包括班塔姆在内的参与赌马的一群人焦急地期盼着赛马的结果,最终"扔扔"(或者说"斯罗阿

第四章 雌雄同体的绿色的理性、爱与激情

威")夺了首冠,成了一匹黑马。得知赛果后,这群人就在一旁哭天喊地,此时毫不知情的布卢姆想到还有要帮朋友投稿的事情就先走了。留下的这批人开始在背后议论布卢姆是不是赌了这匹黑马发了横财,班塔姆对此表示确定,因为布卢姆曾"劝"他赌这匹名叫"扔扔"的黑马,还有人说布卢姆赌了 5 先令,赚到了 100 先令也就是五磅,笃定他肯定是去取巨款了。接着他们就开始骂犹太人如何如何,评判布卢姆本人也是一匹黑马。如果我们看过莎士比亚的《奥赛罗》,就会敏锐地感到这都是辱骂人的话,是赤裸裸的歧视。奥赛罗是摩尔人,虽然他在威尼斯战功赫赫,但是威尼斯人会紧抓奥赛罗的摩尔人身份不放,一逮住哪怕虚假的机会就称呼他为黑人、黑马、黑羊。《尤利西斯》中还有一些后续,比如有的人知道这件事后就把憎恨犹太人的心态放大,朝后来正在用餐的布卢姆的头上扔物什等等。这样的故事设定也进一步使乔伊斯选的 1904 年 6 月 16 日这一天显得更饱满真实。例如,布卢姆对赛马完全没有认知,他也不知道赌马的那些人在背后骂他。尽管最后出现了赛马结果,但是全程置身事外的他始终不知道赛马活动给他带来的种种影响。身为主角却到最后都不知道究竟发生了什么,正如我们人生的真实写照——我们的所作所为在某一层面上

推动了某一事件的发生、发展与发酵,但我们对此一无所知。

前文提过斯蒂汾在某些时候代表了一种偏理性主义的思想表达,他与别人谈论到爱尔兰问题时和思考民族问题时都是非常理性的。与之对应而不对立的是,乔伊斯又能像莎士比亚写《罗密欧与朱丽叶》般展现正当22岁的斯蒂汾的年轻稚气。例如,在斯蒂汾于书摊前遇到他妹妹迪莉之时,其实彼时斯蒂汾身上还有一克朗零钱,而他妹妹是好不容易通过省下一便士才购得法语初级教程的。当时斯蒂汾或许可以选择给她额外买书的零钱,但是他完全忘了自己携带着一克朗。小说在呈现这一情节之际,乔伊斯也根本没有暗示斯蒂汾身怀零钱,只是到小说很后面的地方才显露出这一细节,令有心的读者发现或推论乔伊斯想必是设计了斯蒂汾忘记自己身上有钱的雪泥鸿爪。

斯蒂汾和布卢姆在凌晨后出了妓院,那时街上有很多无业游民。其中有一个流浪汉拉住斯蒂汾聊了半天,要他帮自己找工作云云,还死乞白赖地让斯蒂汾给他点钱,因为他没地方睡(布卢姆随即说了句"还说没地方睡,呵")。斯蒂汾就开始在自己全身上下掏来掏去,随后把找到的一克朗零钱给了这个人。如果他之前知道自己带了这么一克

第四章　雌雄同体的绿色的理性、爱与激情

朗,他无疑会想交给他妹妹,但是他不知道(乔伊斯当然知道,但乔伊斯不让斯蒂汾知道,也不让我们轻易就知道),所以后来就"随便地"给了流浪汉。从中我们可以看出斯蒂汾的同情心,他觉得这个无业游民和他诉说了这么多,现实情况也很可怜,就给了他自己仅剩的一克朗。布卢姆虽然也富有同情心,但是因为他生活阅历比斯蒂汾丰富16年,所以除了同情心以外,他还有比较理性的认知——觉得这个人是寄生虫性质的无业游民,给了他钱之后,他也不一定会好好工作、好好生活,只会像赌徒一样能坑一块是一块。布卢姆与斯蒂汾的关键词似乎在此产生了互相置换,但人性本就复杂难概。这就是乔伊斯对布卢姆和斯蒂汾两人不同的阅历或者说不同的性格的刻画,同时通过二人组队交流与交游,以暗线体现两者之间类似父与子的关系。乔伊斯自然擅长从荷马到屠格涅夫的父与子的文学辩证法。

还有一些重要的细节也不可忽视,比如为什么斯蒂汾在理性之外也有虚无、痛苦、阴郁的思考,一部分答案在第一章就能找到——他直到母亲病死也没有听从他母亲的吩咐做下跪的宗教仪式,因为他放弃了天主教或其他一切宗教信仰。而布卢姆是犹太人,因为他母亲有新教背景,他就入了新教,后来为了娶莫莉,他又转入了天主教。如此看

来,斯蒂汾和布卢姆对宗教的看法也有相似之处,他们都没有遵从一种固定的宗教。其实小说里对宗教的描述,往往反映了作家本人的意志,对于乔伊斯或莎士比亚而言,既保留了宗教和神学的很多思想,又不奉从于某个特定的宗教或教派。

相较于斯蒂汾,布卢姆更多是一个具有中等文化水准的人,如果前者更加偏于智慧的话,后者就更加偏于爱。布卢姆会以爱行事。例如,第四章——萧-文本为第二部第一章,但金译本与刘译本则并不以第一部第二部的区别而重编序号——布卢姆上厕所时,就带着爱意去关注他的家养小黑猫,这和斯蒂汾看到狗后对狗不是很喜欢的那种感受与表现恰好相反;还有布卢姆在酒店和大家聊天时说,政治相关的手段都不行,只有爱行得通。然而在场的人对他这番话的理解完全走偏,他们以为布卢姆讲的是性爱,这和布卢姆的真实想法根本不合拍。固然布卢姆也曾在下卷的开头、第十三章处偷偷地对着一位纯情的姑娘格蒂进行手淫;布卢姆还化名亨利与女打字员玛莎(也是化名)进行秘密通信;此外布卢姆大约在儿子去世后就成了性无能……但这些都是表面上对奥德修斯的现代嘲讽。《尤利西斯》并不是一部简单着意于借古讽今的俗作,以上情节和安排都极具

第四章 雌雄同体的绿色的理性、爱与激情

多元性,布卢姆从未在肉体或精神的单一层面上出轨,他的秘密通信或妓院之旅只不过是一种精神上的肉体出轨。他的远距离手淫更不过是肉体上的精神出轨。怎么现代人越活越惯于谴责他人、盲信自我了呢？上述都是布卢姆比荷马笔下的奥德修斯更为注重爱的体现。布卢姆对莫莉的宽恕、对斯蒂汾的包容、对女儿的照顾、对他者的忍耐以及对逝者与弱者的慈悲中,无不充盈着平凡但又伟大的纯真之爱。

此外,各类因子的细针密缕也和爱尔兰或西方的文化有很大的关系,包括民族、阶层、和性相关的话语。比如书中提到自慰可以致盲,这在电影《西西里的美丽传说》中亦有类似的文化表达。乔伊斯也聚焦于布卢姆的犹太人身份。英国性之下的爱尔兰性其实颇可类比布卢姆在爱尔兰的犹太人性。布卢姆实际上生于爱尔兰,完全算是一个土生土长的爱尔兰人。他在酒店和人聊天时,有人问他是什么民族,布卢姆就直言自己是爱尔兰人,但依旧被他们所嘲笑。布卢姆把自己当作爱尔兰犹太人,爱尔兰人却觉得他不配做一个爱尔兰人,这就反映了他的身份的边缘性。可即使他处处受到族裔方面的侮辱,我们还是可以从字里行间看出布卢姆对待他人的胸襟与温厚。甚至在第十七章

中,斯蒂汾唱了一首民谣,其中含有侮辱犹太人的那种反犹情绪,导致了布卢姆内心的刺痛感——觉得连斯蒂汾也把自己当作外来人。让我们以乔伊斯化的凯撒式口吻说一句:et tu, Steph(连你也在内吗,斯蒂)? 然而这并不妨碍他们大多数时光中的相互吸引,尽管他们文化水平不同,对很多事物的看法也不同。这或许源于斯蒂汾的孤独,二人的内在气质,或布卢姆真挚的爱。

3. 莫莉——激情的"奥兰多"

莫莉是一名歌手,她面容姣好,文化修养较低。从斯蒂汾到布卢姆再到莫莉,三人由高到低的文化程度呈递减摹式,可以见出乔伊斯能够充分把握大相径庭的文化背景或文化精神,随之还能再加上他对莫莉充满女性视角的体会。这点也证明了乔伊斯是一名雌雄同体的作家。很多女性读者都认为乔伊斯的女性视角的相关叙述极为贴切真实。在访谈录《于是我问我的心》中有一期对台湾地区男作家甘耀明的采访。采访者问他对自己女性视角下的作品《冬将军来的夏天》是否满意? 他很坦诚地自白,以男性视角去叙写她们女性的视角,没有办法做到全方面关注女性的社会地位,所以对自己并不是很满意。简言之,男性写女性难度巨大。何况,如果我们真接受后现代所具有的洞见的话,女性

第四章 雌雄同体的绿色的理性、爱与激情

视角就更复杂了,毕竟女性灵魂中也要分"上下左右"甚至"男女老少"。

而《尤利西斯》下半部即第十三章开篇描写的关于女性的穿搭、女性对爱情的敏感、骄傲、清高与自卑,对异性不切实际的幻想与解读以及同性之间微妙的略带"雌竞"的友情关系,全方位地体现了乔伊斯刻画女性的笔力与共情之理解的能力。当然,别忘了性和女性身体的激情:"19世纪的小说尽管善于精妙绝伦地分析爱情的一切韬略,但对性和性行为本身则遮遮掩掩。在20世纪的最初几年,性从浪漫激情的迷雾中走了出来。卡夫卡是最早在小说中涉及性的作家之一(自然还有乔伊斯)。"①

值得一提的是,乔伊斯《都柏林人》中的短篇"伊芙琳"是完全从女性视角出发的故事。该短篇写"单女主人公"伊芙琳出生于一个重男轻女的家庭,从小就受到父亲暴力的威胁。母亲临终前还不忘叮嘱她许诺一定要尽力维持这个家。她需要把工资全部上交,在问父亲要维持家用的钱时反会被责骂乱花钱,同时她还得辛苦地照顾两个更小的弟

---

① [捷克]米兰·昆德拉:《被背叛的遗嘱》,余中先译,上海译文出版社2011年版,第46—47页。

妹。她非常想逃离这样的家。伊芙琳想到母亲的遗言,想到母亲平平凡凡为家耗尽了生命,连临终都操碎了心,于是读者听到了呐喊:"逃!她必须逃走!弗兰克会救她。他会给她新的生活,也许还会给她爱情。而她需要生活。"

一句"而她需要生活",乔伊斯举重若轻地点出了伊芙琳在自己家庭中主体性的缺失以及女性被当作工具人为家庭服务的现实,她为整个家忙碌到完全没有自我也不可能有自己的生活。这一刻的伊芙琳察觉到自己不是不渴望爱情,不是不渴望与男朋友弗兰克远走高飞。她需要先有自己的生活,而她现在连像样的生活都没有。

紧接着乔伊斯写道:"她为什么不应该幸福?她有权利获得幸福。"伊芙琳更大胆了,她不仅要生活,还要幸福。伊芙琳终于因为这段爱情,开始勇敢地想着为自己争取些什么了。她一直打算着和恋人逃离,从爱尔兰逃去阿根廷。但在与弗兰克相恋的过程中,她也看到了父亲在渐渐变老,反复想到为数不多的美好的家庭时光,她悲伤了,犹豫了。于是在快上船的那一刻,伊芙琳退缩了。她痛苦地叫喊道:"不!不!不!不!这不可能。"

她的面孔是那样苍白,"像是一只孤独无助的动物"。

这痛苦的四声"不"(只比丧女的李尔王少了一声),以

第四章 雌雄同体的绿色的理性、爱与激情

及"苍白""动物"这两个词，简单有力地感知着以伊芙琳为代表的女性的悲惨现实。这一结尾可谓掷地有声，伊芙琳不像中国古代封建社会或《堂吉诃德》里摩尔人家庭中的女性那样被关在家里或被人监视而无法自由行动。她都到了码头了，可还是选择了退缩，选择了原来的生活。她可以逃，但她的思想早已锁住了她的双腿，即使她变成一条鱼，可以随心潜游，也绝做不到跨海远洋了。

也许乔伊斯看透这一点，对女性来说最大的枷锁并不是父权社会，而是女性在父权社会中长期被规训而导致对做一个具体的人、对追求和享受幸福、享用应有的权利时的那种愧疚与忍让，把自己本来应该拥有的真正的生活往外推的精神无能。还有什么比在思想和情感上训导一个人更一劳永逸的事呢？乔伊斯关注到了父权社会对女性的精神虐待，发现了这种精神虐待并没有任何清晰的法律边界，不需要付出任何代价。

乔伊斯还写到了伊芙琳母亲对她的规训，"她母亲一生可怜的景象如同符咒似的压在了她的心头"。这恰恰说明他进而发现了父权社会对女性规训的持续影响，这种同性对同性的规训，托举出了被驯服的女性帮助父权驯服更多女性的典型代表。像动物不像人的代表，又因为拥有人的

思考能力故而可以更好地为他人所用，可以为奴十二载或者更多更多年。

作为一名男性作家，乔伊斯如何做到将女性视角镌刻得入木三分？这或许需要他在对女性弱势地位的关心之余，又能将自己在小说中处理为完全隐身的状态，不带任何主观倾向，只是用小说这一形式尽可能客观地展现出这种现实。而只有这样接近真理的客观表达，才会促使教化力量变得越强。若是掺入太多评论、太多判断，小说则会沦为政治宣传工具，后者是短暂的而不是经典的，因此不可能是永恒而普遍的。

回到《尤利西斯》中的女性角色莫莉，乔伊斯将她塑造成一个在生活上有一些乐趣或者说在某些方面值得肯定的人物形象。莫莉是一个比较感性的人，从她的自白中我们会发现，布卢姆和莫莉其实很早就结婚了——莫莉18岁、布卢姆22岁。在十年前，他俩生了一个儿子叫鲁迪，但只活了11天就夭折了。从那一刻开始，他们的感情就产生了裂痕。这一点很容易让我们联想到日常生活——有的人想通过生孩子来巩固爱情，结果一般都不太行得通；反过来，有的人因为生孩子没有成功，导致爱情破裂，这种可能性倒是非常大。小鲁迪之死是他们俩爱情破裂的一个导火索，

第四章 雌雄同体的绿色的理性、爱与激情

导向了他们爱情最终的幻灭。不过布卢姆到现在为止（十年后的1904年6月6日）还是深爱着莫莉,而莫莉也在第18章的自白中,回忆起了他们一开始的恋爱经历,直到最后以"答应愿意我愿意真的"结束了全书,也结束了漫长的持续60多页的一句句子。她和布卢姆的爱情修成正果的历程,着实令人动容。即便她在刚才还激情四射地想着乱伦,或在刚才的刚才进行了与他人的交欢。

中国国家大剧院曾上演过苏格兰特隆剧院排练的《尤利西斯》的舞台剧,当时的莫莉扮演者不论在形象还是在表演上都非常接近书中的神韵,她身体长得像瓜一样胖嘟嘟的,但是又很美。舞台剧上的莫莉最后自然地卧在床上进行着独角戏的自白,伴随着自由的舞台动作——时而侧身、间或仰卧、偶尔趴着并用双手撑着下巴,待到最终一句"我愿意"出口之后,半刻沉静……随之全场观众沸腾不已,因为她的表演充分地让入戏之人对莫莉产生了内在的共情,颇有说服力地让人明白乔伊斯真的是一位雌雄同体的伟大作家。莫莉是伍尔夫的奥兰多,乔伊斯是奥兰多的伍尔夫。这种雌雄同体是绿色的,因为绿色代表了与英国交织的爱尔兰,也意味了每一位主角的民族或个体的身份认知。

乔伊斯不论写斯蒂汾的理性与情感,还是写布卢姆的犹太人身份或他的性无能等等,都与他本人似近似远。换言之,他能稳当地把握叙事的虚构性,即如何与他自己的生活紧密相连但又颇具文学性地自由创造。由此可见,他达到了极限的文学高度,可以通过一项具体的小事情引申出更大的主题,既和自己相关,又有差异,兼具了更宽泛的文学关怀,这是他很了不起的地方。乔伊斯能够让斯蒂汾、布卢姆和莫莉三个人形成一幅类似博斯(Hieronymus Bosch)的《人间乐园》(*The Garden of Earthly Delights*)画卷,左边是天堂,右边是地狱,中间是人间,三个人站在一起就是一场诗意与现实并具的漫游。他在小说上的文学功夫绽现了高超的写作艺术与高级的审美情感。

雷蒙·威廉斯(Raymond Henry Williams)曾说文化是通俗的,这是一句要紧的知言。文化是通俗的,文学艺术却可以是高级的。所谓高级不是说高人一等之类的庸俗划分,而是指阅读文学有难度与阶次。"为什么专家学者那么热衷研究杜甫?相较于李白,是因为政治吗?""你喜欢杜甫只是因为他更伟大,而不是精神气质上的亲近感。"以上引语源自笔者挚友们日常交流间的疑惑。但是,有没有一种可能,有人喜爱杜甫是因为真读了杜甫在小学和中学教材之外的诗作了,有人不喜欢杜甫是因为真没有读或者因为杜甫很难? 当然,杜甫常常——和苏轼、莎翁、乔伊斯类似——于大俗大雅间梯云纵般起起落落,而且文无第一,李杜都是最伟大的诗人。可是,大多数所谓的高级文学,正表明了审美情感有时是有难度与层级的,它的难点也不比数学或形而上学简单,它是另一种难,是过了读书(指上学的同义词)阶段后再读书(指为了爱和理解)才能逐渐读懂读深的。因为它们是为己之学,因为它们是向上走的道路。

四、再来一次:试着用绿色总论上述关于乔伊斯的点滴

有读者断定布卢姆等于懦弱,莫莉就是淫欲。我本来以为这只是《尤利西斯》刚出版时才可能遭到的误会。意大利作者、记者里卡尔多·博齐(Riccardo Bozzi)在《亲爱的读者,您有一封退稿信》中戏谑地(当然是虚构地)给向出版社投稿《芬尼根的守灵夜》的乔伊斯回信道:"亲爱的乔伊斯先生,请不要觉得我说话过于随意,或误以为我喜欢干涉隐私,我是真心想为你推荐一位高明的语言治疗师。"这当然

是开玩笑,然而玩笑中的真话便是乔伊斯勇敢地在性描写和语言创造力等全方面挑战并刷新了人们对文学的认知。他不是拉低了文学的下限,这一点谁都做得到,相反,乔伊斯是突破了文学的上限,这才是他的理性、爱和激情的雌雄同体的能量,他用出格的语言和学识复活了古希腊的奥德修斯先生。乔伊斯的绿色不是头上青草绿的不平或用文学报复爱尔兰之狭隘对他的限制与摧残,这一绿色指涉斯蒂汾噩梦中母亲吐出的绿色胆汁,但更重要的,他是在用爱尔兰人民钟爱的绿色回馈这个他属于其中的、又爱又恨的民族。乔伊斯为欧洲文学钤上了爱尔兰色印章。

　　文学是难的。我还是天真了,读不懂乔伊斯才是普通读者甚至人文学界的常态,这不是出于对读者的不信任,而是从经验主义和理性主义结合出发的对乔伊斯可靠性的确信。文学、哲学的难,意味着要循序渐进,要以谦虚的态度去学习和理解必要的语言、历史尤其是哲学史或文学史和文学形式的基础,只有在这些基本功打扎实的前提下,一名读者才不会质疑马尔克斯或托尔斯泰在铺垫了八十页后才提到主人公的写法,才不会觉得黑格尔的《法哲学原理》是纯个人的唯心主义臆造,才不会认为略萨(Mario Vargas Llosa)电影镜头般的跳跃或卡夫卡模糊时空与姓名的方式

第四章　雌雄同体的绿色的理性、爱与激情

只是手段,才不会把伽达默尔的《真理与方法》当作是只讲方法论的一厢情愿……我的天真始于惊奇地发现,如今还是有许多熟悉花哨理论的学者在天真地批判乔伊斯的语言或人物,我的释然终于乔伊斯本人也好普鲁斯特也罢,比如读读《去斯万家那边》,了解他们——对,他们——对莱奥妮姑妈、弗郎索瓦兹、斯万、奥黛特、韦尔迪兰夫妇等人的深刻剖析甚至共情,就会明白他们早已释然并且内心清楚。

好的文学是难的,总会有人放弃并心甘情愿地将其视为催眠、无聊、冗长、小资或反小资(都一样)、流水账、炫技、废话连篇、啰唆、矫情、恶心的作品(以上形容词统统来自网络平台),但永远会有拾级而上的严肃读者,比如,为了阅读的至乐的普通文学读者,愿意挑战自己以改变"小镇做题家"身份的自由灵魂,在学术海洋中徜徉的最高级别者,如吉尔伯特·海厄特(Gilbert Highet)和哈罗德·布鲁姆等人。

海厄特的《古典传统》(*The Classical Tradition*)第22章名为"象征主义诗人和詹姆斯·乔伊斯"。说到古典传统,《尤利西斯》乍读下来,仿佛没有一点古典滋味,是纯纯的现代文学鼻祖。昆德拉在《帷幕》中提到托尔斯泰抓握的是人类意识的决定性时刻,如安娜·卡列尼娜要跳轨自杀的瞬间。但乔伊斯恰恰相反,他描绘的乃是毫无任何意义

的,更休谈什么决定影响的人类意识时刻。我们可以随意翻开这部小说摘一段如下:

> 布卢姆先生刚想说话,又闭上了嘴。马丁·坎宁安的大眼睛。目光躲着我哩。通情达理的人,富有同情心,这人。有头脑。相貌像莎士比亚。总能为人说句好话。这儿的人对那种事和杀害婴儿都是毫不留情的。不许用基督教的葬礼。过去他们还在坟墓上打进一根木桩去刺透他的心脏。惟恐他的心碎得还不够。然而,有时候,那样的人也会后悔的,可惜为时已晚。在河底捞到的时候,手里还拽着芦苇不放呢。他看了我一眼。他那个酒鬼老婆可真是要命。一次又一次地为她把家里东西置办妥当,可是她差不多每个星期六都把家具当掉,等他去赎。把他的日子弄得不像样子,好像受了神的处罚。就是一块岩石,也受不了这样的折磨啊。星期一早晨,又重新开始。又去用肩膀顶车轮。代达勒斯告诉我,有一天晚上他在场:主呵,她那模样儿准是够瞧的。酩酊大醉,抱着马丁的雨伞乱蹦乱跳。①

---

① [爱尔兰]詹姆斯·乔伊斯:《尤利西斯》(上),第149—150页。

第四章　雌雄同体的绿色的理性、爱与激情

这里提到的布卢姆先生自然是利奥波尔德·布卢姆，本书的三大主角之一。他在参加一场葬礼的路上碰到代达勒斯（本书另一主角斯蒂汾的父亲）和马丁·坎宁安交流，代达勒斯谴责自杀的人是懦夫，坎宁安回了一句"那就不是咱们能判断的了"。于是乎有了布卢姆这一段的反应和思绪。这里我们还看不出来，但是7页过后，在另一段看似无关紧要的对话中我们发现布卢姆的父亲正是自杀身亡的，我们或许能够把布卢姆此处的感想之原因串起来理解。布卢姆说的是坎宁安的"相貌像莎士比亚"，然而乔伊斯是否对莎士比亚的同情心和通情达理也有矛盾的认同感呢？在由坎宁安接着想到自杀者，然后回到对坎宁安的观察和思绪之际，布卢姆又想到了坎宁安的家庭悲剧，坎宁安的"酒鬼老婆"不断地折磨着"他的日子"，可他却还要每周"重新开始"，艰苦地工作与生活。此外，爱说人闲话的代达勒斯也再度适时于思绪中插话补刀，不温不火、不多不少。布卢姆是懦弱的吗？可他至少没有像显得低俗的代达勒斯定义的"懦夫"那样选择自杀，而是用爱对待自己的妻女，用耐心照顾斯蒂汾，用同情心理解坎宁安，用不狭隘的民族主义爱着爱尔兰……从第三人称到第一人称的切换，从评价到描述，到感受再到闲扯几乎不相干事件的无缝转换，乔伊斯的

意识流手法综合了通感、象征、潜意识、无意识等多重因素，可谓现代小说的真正代表。然而对于堪称经典的那些现代小说来讲，文本内越是意外的、偶然的、无意的结构，往往就越是由作者有意地、必然地精心构筑的。

从这本书的书名开始，乔伊斯制作的这款"游戏"的开放式结局就已经被"事先张扬"了。如果我们注意到哈罗德·布鲁姆的《西方正典》第三章的标题的话，也许会事先做好游戏攻略，有备而来，或至少在通关"二周目"时不至于无所适从、依旧"小白"。哈罗德·布鲁姆在这一章的标题为"但丁的陌生性：尤利西斯和贝雅特丽齐"。在西方，不可能有人不知道尤利西斯是何许人也，就像中国人不可能不知道江流儿、金蝉子或旃檀功德佛的另一个名字：

> 再现但丁的陌生性时，我们需要看他是如何描写一个具有普遍意义的形象的。西方文学史上没有一个人物如荷马笔下的英雄奥德修斯那样历久不衰，这位人物的拉丁文名字是尤利西斯。从荷马到尼科斯·卡赞札基斯，尤利西斯/奥德修斯的形象经历了许多作家异乎寻常的修饰再造，其中有品达、索福克勒斯、欧里庇得斯、贺拉斯、维吉尔、奥维德、塞内加、但丁、查普

第四章　雌雄同体的绿色的理性、爱与激情

曼、卡尔德隆、莎士比亚、歌德、丁尼生、乔伊斯、庞德以及华莱士·斯蒂文斯。W. B. 斯坦福在他精研的专著《尤利西斯主题研究》(1963)中,把维吉尔笔下沉默的反角与奥维德对尤利西斯的正面描写作了对比,这一对比确立了大概总是在这个主角或正反角的各种变形中竞争的两种情形。维吉尔的尤利西斯延续到但丁作品之中,但由于变化颇大以致维吉尔笔下的模糊形象在逐渐消退。维吉尔不愿意直接指责尤利西斯,他便把这一工作转交给了他笔下的人物,这些人物把《奥德赛》的主人公界定为狡诈欺骗之徒。奥维德这位流亡的非道德主义者把自己和尤利西斯组合成新的身份,于是传给我们现在已永久定型的尤利西斯,世上第一位伟大的流浪情种。[1]

对于哈罗德·布鲁姆的上述竞争,乔伊斯大概是选择了奥维德而非维吉尔罢。当然,视角主义地说,你也可理解为乔伊斯认同维吉尔对奥德修斯的指责,所以他"奥创"了一位后尤利西斯并为其赋予了奥维德主义。说法和立场看似不同,可说的都是一码事。乔伊斯的《尤利西斯》这

---

[1] [美]哈罗德·布鲁姆:《西方正典》,第70—71页。

本书从标题开始就已经在明示着与古典文学(他们西方人的、乔伊斯又爱又恨的"古典传统")进行着或暗通款曲或分庭抗礼的操作了。海厄特一方面充分认识到了乔伊斯与象征主义诗人们在核心意义上、在形式和逻辑上都不是古典式的,他甚至一针见血地描述了他们的现代特色,接着总结道:"在整体风格上,他们的作品犹如未经排练的独白或随机的对话,而非均衡理念的有序展开。同时,他们还有意避免或掩盖整体思想的组成结构。"高手常以草蛇灰线之法伏脉千里,乔伊斯是在掩盖而非避免整体思想结构,海厄特的另一方面则是在铺垫并随之揭露真正的古典性何在:

> 乔伊斯的《尤利西斯》特别清晰地展现了这些作家如何向往自由,但发现自己不得不采用某些现成的外部形式,而它们的源头大多是古典的。为了承载描绘都柏林生活所需的大量回忆和景物,他必须找到一个坚固的大型容器。否则,整部作品就会像最后一章那样混乱,用一个长达四十页的句子表现布卢姆太太令人昏昏欲睡的内心独白,或者像后来的《芬尼根的守灵夜》那样,成为完全靠联想维系起来的一团梦中呢喃式

第四章 雌雄同体的绿色的理性、爱与激情

的迷雾。因此,他选择以荷马的《奥德赛》为模板,并对时间和地点加以统一。小说的主要情节与《奥德赛》相似:一位阅历丰富的漂泊者在回归家庭和妻儿身边的过程中经历重重考验和诱惑,而一位年轻人则刚刚踏入自己的生活,在寻找失去的父爱的过程中接受了生活的考验和教育。在小说的高潮处,两人在经历各自漫长的漂泊后终于碰面。拒绝在临终的母亲面前皈依上帝的痛苦记忆让斯蒂汾·迪达勒斯卷入酒后闹事,漂泊的犹太人布卢姆救下了他,两人一起回了布卢姆的家。斯蒂汾的家人无法带给他亲情,布卢姆的妻子对他不忠,他的幼子已经死了。现在,失去亲人的父亲找到了失去亲人的儿子。①

于海厄特的论理之中,我们发现,即便是对于跟古典文学相差最大的现代主义作品,海厄特依然能够条分缕析、有条不紊,他既认识到"《尤利西斯》和《奥德赛》在细节上密切对应,但在艺术上毫无共同点",又可以客观地判断说:

> 乔伊斯和象征主义诗人们过于敏感或任性,无法

---

① [美]吉尔伯特·海厄特:《古典传统》,王晨译,北京联合出版公司2015年版,第417页。

接受古典形式的创作规则。但他们热爱并使用了古典传说。在这些诗人的象征手法中,希腊神话比其他任何素材(自然意象除外)都扮演了更为重要的角色,非理性但不幼稚的特色则让这些神话的表现力更加强大。①

希望读者关注到的不仅限于60页或40页的数字差异……从主角译名的微妙区别中,可以看到王晨翻译《古典传统》时对照的《尤利西斯》中译是萧-文译本。莎士比亚或《尤利西斯》哪怕译得再好,其中英语里的双关、拟声、习惯、幽默等元素毕竟会丢失殆尽。但有些译者真能做到天才与刻苦并重,将一些从语言开始即为杰作的文字转译为本国语言,巧夺天工,仿佛自身并不生产译作,而只是一名大自然的搬运工。不论是金隄、萧文,还是刘象愚的中译本,都足以让我们发觉:乔伊斯揭去了现在时刻的老生常谈的面纱,并为之喷上了漫威衍生剧的洛基绿——但他还是复仇者联盟里来自北欧的谎言与诡计之神洛基,正如乔伊斯的布卢姆还是尤利西斯。如果暂时不想阅读乔伊斯也可随意地盖上《尤利西斯》,但请偶尔注视内心或社会的正常但并

---

① [美]吉尔伯特·海厄特:《古典传统》,第419页。

不正确的媚俗化阐释。因为,一旦紊乱了真实与虚构的、浅显与猜忌的天平,不论落入哪种自以为确信的思路,都将……

好让你永远不知道你所经历之事。

第五章　凝固时间里的病、床、啤酒、雪茄还有妖魔

——托马斯·曼的《魔山》

"《魔山》将是我写过的东西中最为性感的,然而风格十分冷峻。"1920年3月12日,托马斯·曼在日记中记了这么一笔。这句话即便不令《魔山》的读者感到不知所云,但让他们不知所措是一定的。

《魔山》(*Der Zauberberg*)出版于1924年,距今正好一百年整。托马斯·曼大约在1914年第一次世界大战(后简称"一战")爆发前夕开始撰写该小说。在长达十年的创作中,曼并没有完全沉浸式地伏案于《魔山》,而是同时"身兼数职"——受战争影响,他先后穿插撰写了杂文《一个不问政治者的观察》(*Betrachtungen eines Unpolitischen*)、短篇小说《主人与狗》(*Herr und Hund*)和《小孩子的歌曲》(*Gesang vom Kindchen*,或译《儿童的歌唱》),随后又有论文《歌德与托尔斯泰》(*Goethe und Tolstoi*,1921年第一稿)

第五章 凝固时间里的病、床、啤酒、雪茄还有妖魔

和《灵异体验》(*Okkulte Erlebnisse*)。此外,他还忙里偷闲,四处旅行。

《魔山》的构思可谓与一战密不可分,尽管小说到结尾才出现与战争相关的内容,即在山上待了整整7年的汉斯·卡斯托普最后下山并加入战争中的……同盟国。德国学者赫尔曼·库尔茨科(Hermann Kurzke)在传记《托马斯·曼:生命之为艺术品》中亦谈道:

> 在《魔山》完稿前不久,他的态度还一直是嘲弄和游戏的,反讽和超然的。叙述者完全置身事外。他笔下的主人公身上发生了什么,他都觉得无关痛痒。但战争来了,所有的反讽都结束了。语调现在变得十分关切和惶恐,阴暗甚至是病态。叙述者直接喊出来:"哦,我们这种可耻的影子般的安全感!"现在,在形势变得非常严峻之时,他要参与了。叙述者与托马斯·曼本人一样,都因为自己不是个士兵而羞愧。他从来没有流过一滴眼泪,整整七年里都没流过泪,但现在,现在主人公参战了,他用指尖轻轻地擦拭去眼角的泪花。他离开了那个反讽的沙发,走向了展示情感的场所。擦拭眼泪是塞塔姆布里尼先生的一

种姿态,在与汉斯·卡斯托尔普告别时,他的双眼也湿润了。[1]

该小说发表于一战结束后的第 6 年,彼时经过战争熏陶的曼已经"判若两人"。曼曾经是一位坚定的一战拥趸,但让汉斯参加一战的尾声并不意味着他对德意志的完全认同,而是他将自己多维度的反思诉诸其中的一种表征。7 年后的汉斯依旧是一名"生活里心地忠诚的问题儿童",从带着思考与矛盾下山的那一刻开始他便"卷入了群魔乱舞的罪孽",并且这种罪孽"还要持续许多个罪恶的年头",汉斯显然"前景不妙"。然而,在最后曼对汉斯的预言和祝福中,亦充溢着各种开放性的关于爱的可能:

> 肉体和精神的冒险将使你不再那么单纯,就算你的肉体挺不过来吧,也会使你在精神上挺过来的。会有这么一些时刻,到那时将从死亡和肉体的糜烂中为你萌生出一个爱之梦,以你充满预感和"执政"自省的方式。从这死神的世界节日里,从这燃烧在雨夜黑暗天空下的狂热里,什么时候是不是也能产

---

[1] [德]赫尔曼·库尔茨科:《托马斯·曼:生命之为艺术品》,张芸、孟薇译,浙江大学出版社 2022 年版,第 373—374 页。

第五章 凝固时间里的病、床、啤酒、雪茄还有妖魔

生出爱呢?[1]

其实在中国,德语文学研究,尤其是卡夫卡研究早已门庭若市。譬如,当代小说家格非、残雪都曾深入过对卡夫卡的阅读与研究。卡夫卡研究可谓掀起了德语文学研究在中国的一个高潮。相较之下,有关托马斯·曼的研究则门可罗雀,比卡夫卡的少不少,也慢不少。然而不可否认的是,曼的作品同样颇具深刻的文学思想,其中一经问世就引起巨大反响的《魔山》更是加持了他五年后所获的诺贝尔文学奖。不过这一 1929 年的奖项真正想回到的还是《布登勃洛克一家》,颁奖词夸张而又确实挑不出破绽地将曼的那部处女作称之为"德国首部格调高雅的现实主义长篇小说"。国内早先对曼的了解与认识十分之浅,即使是文化界的学者也可能并不怎么了解他。冯至是个例外,他很早便对曼及其作品产生兴趣并进行了深度阅读。不过受时代限制,冯至在几十年前介绍曼时会侧重提及他如何反对第二次世界大战(后简称"二战"),绝口不提他支持一战。他清楚"反对二战"的曼的形象是使后者在中国被接受和理解的某种保

---

[1] [德]托马斯·曼:《魔山》,杨武能译,时代文艺出版社 2021 年版,第 817 页。

障。一战的爆发唤起了曼强烈的爱国主义精神,他秉持一套人民战争的庄严正义的态度。这种饱含民族主义情绪的现代意识也解释了当时的曼乃至韦伯、卡尔·施米特等人关于战争的复杂倾向。然而,等到二战时期的德国纳粹抬头之际,民族主义已过度狂热——其强调本民族的兴盛建立在对别的民族的强烈贬低和歧视之上。这种唯我独尊的、别人不配生活的极端民族主义使曼产生了和一战时完全不同的看法。20世纪30年代,他在德国各地、巴黎、维也纳、华沙、阿姆斯特丹等处的巡回演讲中,不愿认同纳粹政策,最终也因此不得已流亡美国,在1952年后又定居瑞士。同样值得注意的是,在禁谈哲学家叔本华和尼采等"反动哲学家"时期,冯至等人便也"识趣"地避而不谈这两位对曼的巨大影响。又好比时代文艺出版社在《魔山》杨武能译本的"作者简介"中提到曼于《马里奥与魔术师》(*Mario und der Zauberer*,又是"魔")等作品描绘了法西斯在意大利制造的恐怖气氛及他反对法西斯主义威胁等等。这些都是在具体语境下对托马斯·曼及其文学作品内部与外部区别处理的理智的方式。

今日国内学界对曼的研究已颇具规模,但是相比之下,译介却还远远不够。德国整理得较好的柏林版(Aufbau)曼

第五章　凝固时间里的病、床、啤酒、雪茄还有妖魔

文集共有 12 卷。国内如上海译文出版社整理的中译本曼文集(2022 年出版)共 7 卷,但不过是将之前出版的作品合在一起而已,译本也差强人意。曼还有不少作品值得进一步翻译和挖掘,之后他在中国应该"还会出新书",如《约瑟夫和他的兄弟们》(*Joseph und seine Bruder*)四部曲。该书(大约一两千页)至今都还没有出中文译本,可见翻译曼的好一些作品都实属浩大工程。"厚重"或许可以作为曼的标签之一,即使是写论文他也能写出五百多页的厚度;同时他的作品本身也充满了越久越值得品味的意蕴。

无论如何,近十几年以降,托马斯·曼这一名号之于国人确已颇有改观,与曼作品相关的翻译和研究都开始兴盛勃发。无论如何,托马斯·曼都是仅次于歌德而稳坐第二把交椅的德国文学家,至少大部分研究者和德国文学界的认知便是如此,包括曼自己也这样认为。他的作品之多、之盛、之深,都当得起德国文学第二人的称号。

曾经的卡夫卡热出现在或经济腾飞或政治文化上升之时,他的作品也真实地表现出了人们在不断追逐金钱或权力的过程中被异化的不知所措感。然而,当经济下滑,人们不想再拼命"卷"的时候,《魔山》便开始热了,托马斯·曼俨然成了中国德语文学界的第二个卡夫卡。他营建的魔山精神

充斥着一种似乎令人无法抗拒的"吃完饭规定要在阳台盖好驼毛毯子躺上几分钟"的散漫,其中又无处不透露着感伤和躺平的气息。在"魔山"上"磨洋工"的丧颓与托马斯·曼在中国当代的接受史是可堪比附的。当然,也有一点表面上的差异,在中国可能会用契诃夫的原话"天气好极了,钱几乎没有"来自表心迹,但我们《魔山》的主角汉斯·卡斯托普(以杨武能的译本为准)则或许会说:"天气好极了,钱几乎没用——兴许可以拿来消受一下香烟、啤酒、哈瓦那,但这与没用又有何区别呢"? 毕竟,"纵有千年铁门槛,终须一个土馒头"①。

一、蚌病成珠之美

疾病可能是曼最重要的文学题材之一,也是他关注了几十年之久的一个命题。除了《魔山》中反复出现的肺痨外,曼的其余作品也专心致志、一本正经地讨论着各种不同的疾病,如神经症和伤寒症之于《布登勃洛克一家》(*Buddenbrooks: Verfall einer Familie*,副标题意为一个家族的衰落);

---

① 宋·范成大,《重九日行营寿藏之地》。

第五章　凝固时间里的病、床、啤酒、雪茄还有妖魔

虽然格仑利希太太因为最近害起神经性消化不良症,在各个浴场都不得不严格遵守医疗程序……

伤寒症的发病情况是这样的。

害病的人首先感到的是心情不舒畅,这种情形越来越严重,最后使人的精神一蹶不振。与此同时病人感到身体疲惫无力,不仅肌肉组织如此,而且五脏六腑也无一不如此,胃部尤其厉害,一点食欲也没有。病人总是沉沉欲睡,但是尽管身体非常疲倦,睡眠却很不安稳,不深沉,丝毫也不能消除疲劳。头部疼痛胀闷,仿佛裹在一层雾里,感到天旋地转,四肢酸疼。鼻子无缘无故地就会流出血来。这是疾病初起时的情形。①

又如霍乱之于《死于威尼斯》(*Der Tod in Venedig*):

从几年前开始,在印度就有了霍乱这种传染病。近年以来这种疾病越来越厉害,出现了向外蔓延,日益严重的趋势。霍乱病的发源地是恒河三角洲的热带沼泽地,病菌在荒无人烟、杂草丛生的荒原和孤岛上,在

---

① [德]托马斯·曼:《布登勃洛克一家》,傅惟慈译,人民文学出版社1962年版,第238、747页。

那里的竹林中,只有老虎之类的野生动物出没。这种传染病很快蔓延开来,除整个印度半岛上都在流行这种传染病之外,它还向东传到中国,向西传到阿富汗和波斯,顺着骆驼队组成的商旅队伍经过的商道,一直传染到了阿斯特拉罕,甚至威胁到莫斯科。①

还有梅毒之于《浮士德博士》(*Doktor Faustus*)(他太爱歌德了):

> 然而,我实际指的却是鞭毛虫,这种肉眼看不见的微生物,是长有鞭毛的那种,就跟我们苍白的维纳斯一样,即所谓的梅毒,就是这种。②

以上作品与马尔克斯的《霍乱时期的爱情》(我在香港中文大学的书店里发现了马奎斯的《爱在瘟疫蔓延时》)、加缪的《鼠疫》以及帕慕克的《瘟疫之夜》等可构成疾病相关的 20 世纪文学类种。而将《魔山》与曼这些嵌套疾病的作品相联系,也能较好地测绘出他整个文学生涯发展史中

---

① [德] 托马斯·曼:《死于威尼斯》,宁瑛、关惠文译,北京燕山出版社 2006 年版,第 325 页。
② [德] 托马斯·曼:《浮士德博士》,罗炜译,上海译文出版社 2012 年版,第 338 页。

第五章 凝固时间里的病、床、啤酒、雪茄还有妖魔

的疾病地图。这也恰恰反映出曼创作中所具备的当代性和历史性。他既借了当时医学兴盛时期的公共卫生运动进行文学性质的表达与批评,也从历史的角度对整个疾病观有着纵向深入的思考。例如,肺结核就是曼所处的那个时代,即百年前最重要的诗人病。当诗人患肺结核时,意味着他的确是一位名副其实的诗人,这点在诺瓦利斯身上亦早有体现,不少中国现代诗人亦对此有着相仿的、近乎生理性的反应。然而,在《魔山》中,肺结核并非天才的专属病,施托尔太太也有着类似的疾病,却是个不折不扣的庸人:

> 有一位与他(引者按:指主角的表哥约阿希姆)同桌吃饭的女士,他说,名字叫施托尔太太,是康施塔特一名乐师的老婆,病得已相当厉害——她是他所见过的最最缺少教养的人。她把消毒念成"笑毒",而且念得一本正经。她管医助克洛可夫斯基叫"医猪",真令人哭笑不得。而且,跟这上边的多数人一样,她还好说长道短,比如对另一位叫伊尔蒂丝太太的女人,她就在背后说人家戴着个"绝育罩"。[①]

[①] [德]托马斯·曼:《魔山》,第18页。

曼有意制造如此巨大的反差,他让不分高低贵贱的肺病在富有艺术精神或哲学思想的人与世俗之人身上呈现出完全不同的状态。然而,即使是最庸俗的普通人犯了肺病,也能产生不同寻常的表现。由此,曼的文学旨趣可见一二。

曼所强调的疾病,与对艺术乃至死亡的同情有着不可分割的紧密关联,还关系到小说中的人物如何通过生病的"帮助"而发生的有意或无意的智性训练以达到更高级的健康状态。对于疾病题材的运用,曼无疑继承了德国浪漫派尤其是诺瓦利斯以及哲学上的后裔尼采在《偶像的黄昏》(*Götzen-Dämmerung oder Wie man mit dem Hammer philosophiert*,副标题意为如何用锤子做哲学)中对疾病本身的认知甚至肯定性的精神——"没能杀死我的东西,使我更加强健"。其实,自古希腊以降,就不断地有诗与哲学作品表述着对迷狂或抑郁(文艺复兴)或狂躁(19世纪)等各种生命非正常状态的认可与偏爱。对曼来说也是如此,生命的内涵不止局限于生物学和医学,而是更有蚌病成珠的精神意涵,这点在《魔山》中苦闷前行的读者们自不难体会。曼虽然同情死亡,但在对由疾而终的迷醉中,他终究走出了自我,走出了对死亡、疾病、艺术关系的研究,转而走入了对

第五章 凝固时间里的病、床、啤酒、雪茄还有妖魔

生命的重新肯定。对待生死可以有两种形态：一种是不论出于害怕还是勇敢，"死活"对死亡避而远之或毫不在意；另一种是曼所认同的具有文学气质的形态，即对死亡做到心中有数，怀有向死而生的悲剧精神。譬如，《死于威尼斯》中的阿申巴赫，虽然他最后"变成"了书名，但他也实现了某种升华——从对美少年的病态痴迷凝炼成了对极致的美的艺术性追求，从最初可能潜在的邪恶和混浊变得纯粹又纯洁。意大利名导卢基诺·维斯康蒂（Luchino Visconti）于1971年翻拍了该作品，王家卫和梁朝伟对这部电影异常热衷。好的电影如同好的翻译一样指向了文学文本本身，向死而生的精神在作为最高文艺的音乐中诞生，在意大利与威尼斯之爱中曼以文字跳跃出疾病和死亡之舞，从而达到了对生命与生活的终极肯定。《魔山》同样如此，在经过若有似无的肺痨之后，天真单纯的汉斯终究在下山的那一刻实现了不明显的成长，彻底进入（katabasis or anabasis）对现实生活的追求之中，即使前途未卜。可以说，对曼而言，《论语·先进十二》中的话语应先退而反之，曰："未知死，焉知生？"以上也是曼及其他同时代德语及东欧作品能够被称为智性小说的原因之一，其中富含哲理与论文式的讨论，甚且中日物哀式地跨越了东西方的某些情感认知。

二、旋涡般的时间都去哪儿了？

疾病在《魔山》中的演绎少不了时间的"煽风点火"，换言之，两者在曼的笔下展现了互为再疏解与再编织的关系。这是曼有意为之的一种艺术手法，他能够将结合空间、物件与思想后的时间多维度地复杂化。读者稍加留意便能发现曼所运用的这种非常现代乃至后现代的叙事技巧——在小说多处穿插着的与时间相关的自我指涉，或彰显元小说的自我意识，比方说在书中强调自己在写小说：

> 如此称麻木不仁为恶魔，赋予它以神秘而恐怖的影响，读者可能会批评写小说的人夸大其辞，想入非非。其实呢，咱们没有凭空杜撰，而是严格依照着单纯的主人公的经历。他们了解这一经历的方式读者自然无从查考，但我们对它的了解就是如此，它证明在当时的情况下，麻木不仁确实有了我们说的性质，在他心里造成了那样的感受。[①]

[①] ［德］托马斯·曼：《魔山》，第715页。

第五章　凝固时间里的病、床、啤酒、雪茄还有妖魔

同时,在故事铺陈中,曼也擅长跳跃式处理或意识流般地无限延展,第6章中的"雪"这一节就用等同于普鲁斯特、乔伊斯、伍尔夫水平的意识流形式"涤除玄览"了时间的流转性和柔韧性,他让汉斯在短短十多分钟内经历了似乎长达几个小时、一天,甚至一生的思绪涌动:

> 他终于把表掏了出来。表还在走。没有像他晚上忘记上发条常常都免不了的那样停掉。还不到五点——远远没到五点。差十二三分钟。好奇怪啊!可能吗?他在这儿的雪地里才待了十分钟多一点儿,却梦见了那么多幸福的和可怕的景象,走完了那么一条大胆离奇的思路。①

在汉斯遭遇暴风雪的侵袭,试图脱离困境但失败,又进入半梦半醒的癔症状态,最后恢复清醒,去赛特姆布里尼库房小阁楼的过程中,始终存在着曼特有的明显时间线索:从"四点半。鬼知道怎么回事,当暴风雪起来时不已经差不多这光景了吗?难道要他相信,他兜来兜去仅仅花了一刻钟?",到"他从林牧场边上的布莱门比尔插下去,五点半到

---

① [德]托马斯·曼:《魔山》,第563页。

了'村'里",再到"一小时后,他又置身于'山庄'高度文明的氛围中,非常适意",曼成功为读者营造了与汉斯感受相仿的一种时间变形甚至弯曲成具象的圆的浓缩氛围。

《魔山》的每后一章都比前一章要长,然而每章篇幅的长短并不完全代表时间的长短,其中第6章更是开门见山地直面了时间本身:

> 时间是什么?是一个谜——看不见摸不着,却又威力无比,是现象世界存在的一个条件,是一种运动,一种与物体的空间存在和运动紧紧结合在一起的运动。那么,没有运动,就没有时间?没有时间,也没有运动?只管问吧!时间是空间的一种功能?抑或相反?抑或两者原本是一回事?这可走得太远了!时间在行动,具有活动性,能够"产生效果"。什么样的效果?变异!这时不再是那时,此地不再是彼地,因为在它们中间有了运动。然而,由于人们用来计量时间的运动又是循环往复的、自我封闭的,这样的运动和变异差不多同样可以称为静止不动;因为那时不断地在这时重现,彼地不断地在此地重现。再者,人们不管怎么拼命动脑子,也想象不出一个有尽的时间和有限的空

第五章 凝固时间里的病、床、啤酒、雪茄还有妖魔

间,便只好下决心将时间和空间都"想成"是永恒的和无穷的——人们显然认为,这么想尽管并不真的很好,却也差强人意。可是,确定了时间和空间的永恒与无穷,是否意味着在逻辑和计量上否定一切有限和有穷尽呢?相对而言把它们贬低成了零呢?在永恒中可能有先后吗?在无穷中可能有并存吗?就算不得不承认永恒和无限这个前提,那么距离、运动、变化乃至仅仅是宇宙中有限物体的存在等等概念,又如何才能与之谐调起来呢?诸如此类的问题,你可以一个劲儿地问下去![1]

问中掺有答,答后即追问,质疑与相信并行不悖,智性小说本色出演。此外,全书前半部分,即汉斯刚上山的3周所占篇幅尤其长,等到汉斯在山上待了7个月后,曼又将混乱而迷人的瓦普吉斯之夜作为全书的一个转折点,接着便是汉斯在山上整整7年的漫长时光,这三个不同阶段中又包涵了多样的叙述方式,其结构之巧思可谓与乔伊斯的《尤利西斯》有异曲同工之妙。不论是安排时间的形态变幻,还是曼此在的时间之思,都体现了他对文学与时间的熟练

---

[1] [德]托马斯·曼:《魔山》,第399页。

操弄。

当代秘鲁和西班牙双国籍作家马里奥·略萨在《给青年小说家的信》(*Cartas a Un Joven Novelista*)中写道：

> 一部虚构的小说中只有一个时间视角的情况是极少见的。惯常的做法是：虽然常常有一个视角占据主要地位，叙述者是通过变动（改变语法时间）在不同的时间视角之内来回移动的，这些变动越是不引人注意、越是悄悄地转交到读者手里，效果就越是明显。这是通过时间体系内的连贯性获得的（遵循某些规则的叙述者时间和叙述内容时间的变动），也是通过变动的必要性获得的，就是说，这些变动不是随心所欲的，不是为了纯粹的炫耀，而是要让人物和故事产生重大的意义——强烈、复杂、紧张、多样、突出。[1]

在这点上，曼可谓常常与其完全相反，正如前文所述，他刻意告知读者关于《魔山》的时间进度条，甚至对时间进行了论文式的讨论。前者至少很"19世纪"，但与他兼攻的现代主义并不矛盾，而是相辅相成，恰恰体现出他是一位能

---

[1] ［秘鲁］巴·略萨：《中国套盒：致一位青年小说家》，赵德明译，百花文艺出版社2000年版，第57页。

第五章　凝固时间里的病、床、啤酒、雪茄还有妖魔

够将更古老的西方文学传统、现实主义与更"新新"的西方现代、后现代的艺术技艺、意识流、叙事手段结合到文学思想和形式中的大师。像这样的小说家,还有普鲁斯特和乔伊斯,关于现实主义和现代主义的粗浅二分法,他们所采取的策略也是一种合体观,这里实在不忍不套用 C. S. 路易斯在《被弃的意象》里对中世纪人的概括:"他们的气质是追求体系化的,甚至到了病态的地步;他们具有伟大的心智力量、永不倦怠的耐心和对自己作品的坚定喜欢。在所有这些因素推动下,他们创造出了也许是世界上最伟大、最复杂、体现了融洽谐和原则的作品。"而卡夫卡更像是把现实主义完全现代主义化了。

大概,曼可以算作普鲁斯特的镜像人物,即德国版普鲁斯特——这两位都出身于名门望族,各自都有兄弟,且皆具同性恋倾向。还有一些陈芝麻烂谷子的细节:他们都喜欢比较磨叽的事物,享受雕刻/浪费时光,同时对消极很积极、对积极很消极,并且可以通过极高强的笔力将诸如此类的体验及相关认知深刻地表现出来。譬如,"床"都是他们的挚爱,是生活中非常重要的空间倚仗与写作意象。普鲁斯特的典型遭遇之一便是小说第一卷《去斯万家那边》出版遭拒,被拒理由为"我绞尽脑汁在想为什么一个小伙子需要用

三十页的篇幅来描述他在入睡前是如何辗转反侧的"。也许这位编辑很敬业,对床不够情有独钟。曼则精心为不同的病人安排了不同特性的床,比如汉斯睡的就是刚死过一个美国女人的床铺;在该小说结尾章冒出的荷兰绅士佩佩尔科恩睡的床则"不是医院那种通常睡过死人但卫生洁净的标准床,而也堪称豪华:床架是抛过光的樱桃木做成,包裹着黄铜饰件"。睡觉、失眠、做梦、无力还有构思,这两位作家不能没有床……

当然,曼与普鲁斯特也有不同之处,普鲁斯特可能曾被仅仅见了一面的乔伊斯抽的烟所暴击过,而曼大抵与乔伊斯类似,在抽烟这件事上无法做到丝毫的妥协,这点亦体现在汉斯身上,或者他借用汉斯表达了自己对香烟与雪茄的喜爱:

> "我真不明白,"卡斯托普说,"不明白一个人怎么能不抽烟——那样,俗话说,他可就放弃了人生的精华部分,无论如何也放弃了一种极可贵的享受!早上醒来,我心头高兴,就为了白天能抽烟;到吃饭时,我心头高兴,也是因为能抽烟。是的,我甚至可以说,我只是为了抽烟才吃饭的,虽然我这样讲有些夸大。但是,一

第五章　凝固时间里的病、床、啤酒、雪茄还有妖魔

个没烟抽的日子,它对我将乏味透顶,将十分无聊和失去魅力;要是清晨我不得不告诉自己,今天没烟抽——我相信,我干脆不会有勇气起床,真的,会在床上一直躺下去。你瞧,一支点燃的雪茄在手——毫无疑问串了味儿,或者吸起来不通畅,这是极叫人恼火的——我是说,有一支好雪茄在手,那你就算成了,就真的不怕再发生任何事情。这正如躺在海边一样,在海边躺着就够啦,不是吗?一切都不再需要,不需要工作,也不需要娱乐……感谢上帝,全世界都有人抽烟,是不是?据我所知,你不论漂泊到哪个天涯海角,没有什么地方的人不解此道。甚至北极考察队,为克服疲惫也要带上充足的烟草;每读到这样的描写,我总是非常感动。须知,在北极没烟抽会多么难受——举个例,我没烟抽就难受得要命;而多会儿我还有一支雪茄在手,我就能坚持,我了解,它会帮我渡过难关。"[1]

曼将烟与床"转喻"在了一起——不抽烟便起不了床。除了床和烟(包括香烟和雪茄)这两样私己爱好,还少不了提及另一"德国国粹":黑啤酒,就连朴素不抽烟、努力养病

---

[1] [德]托马斯·曼:《魔山》,第59页。

的表哥约阿希姆也酷爱喝啤酒。啤酒对汉斯而言则更是安慰剂般的存在:

> 海德金特大夫说过,得让他每天上午放学以后额外地多进一次早餐,饮上大大的一杯黑啤酒——一种谁都知道营养丰富的饮料,海德金特大夫还确信它能够生血;不管怎么说吧,黑啤酒确实以一种对他来说是可贵的方式起到了安神的作用,防止了汉斯·卡斯托普的一种怪毛病,即他经常会翕张着嘴,神不守舍地在那儿发呆,让迪纳倍尔舅公讥笑他老"打盹儿"。①

20世纪初最重要的两种思想流派,其一为马克思主义,要义在于不只研究单一的人,而是探索人与人之间的社会关系,尝试具象化个人之外的空间广延;其二为下意识地往人的潜意识、思想深处摸索,尤其是以弗洛伊德为代表的精神分析理论。曼由外而内地将这两种学术潮流贯穿在了《魔山》中,该小说既浮现了潜意识的梦,也绵延了时间的涓流,还有赛特姆布里尼与纳夫塔之间近乎魔幻的社会学式的唇枪舌剑。此外,叔本华的意志哲学思想与尼采的永恒

---

① [德]托马斯·曼:《魔山》,第37页。

第五章 凝固时间里的病、床、啤酒、雪茄还有妖魔

轮回观在《魔山》中也有所映现。虽然如此,《魔山》却并不是歌德的《威廉·迈斯特的学习时代》这样典型的成长教育小说,实际上它颠覆了德国古典主义的"成长"(Bildung)时间叙事法门,并融入了现代直觉与自由观的时间意识。此种时间意识在小说史中不断演化,比如因最现实主义故而突破了现实主义的福楼拜的《包法利夫人》就寓居了奥尔巴赫所谓的"空转时间"以及巴赫金所谓的"日常时间"的轮回和循环再现,这在《魔山》中同样有所体现。在汉斯从23岁到30岁休养生息的、"魔且磨"的过程与实在中,他过着一种不同于山下按部就班的非常态生活,并沉浸在永恒轮回的迷幻氛围里。汉斯在这循环而繁复的时间变化中的改变或许是暧昧不明的,但至少与在山上生活了8天便仓皇逃下山的舅舅雅默斯·迪纳倍尔相比,他显然更适应魔山上的生活:不论是在34号房间(隐喻着相加的7年),还是在可听见心上人舒舍夫人撞门声的餐厅里(同时是对童年男同学的追忆),抑或是偶成滑雪胜地的主场心态中,以及那或海滨漫步或妙乐盈耳的友邻社群之间……而舅舅的探望进一步加浓了山上与山下的对立感与割裂感:

因为舅舅在仓皇启程的时候,肯定没有心情进行

讽刺和说俏皮话，相反他认识到，在内心深处惊恐地认识到，他这么在山上生活了八天之后回到平原上去，将会有好长一段时间都感觉是完全错误的、不自然的、不允许的，如果他早餐后不是照例散散步，散完步不是严肃认真地用毯子将自己裹起来在室外躺一躺，而是马上就去事务所的话。这样一个令人惊恐的认识，才是他仓皇出逃的直接原因。①

《魔山》恰恰包含了一种非常精深的反日常科学的时间观的讨论，它回顾了哲学或生命意义中那种不曾被我们注意到的时间，以及关于海德格尔《存在与时间》或柏格森《时间与自由意志》中的"内时间意识现象学"。

三、隐秘的招魂

在《魔山》的最后一章，即第七章的"疑窦重重"一节中，招魂戏码的上演堪称该小说的又一个小高潮。这算不上曼的典型思想，但颇具一定程度的神秘主义色彩，也可能反映

---

① [德]托马斯·曼：《魔山》，第502页。

第五章　凝固时间里的病、床、啤酒、雪茄还有妖魔

了他对德国浪漫派的追求与肯定。格奥尔格(Stefan Anton George)、里尔克、本雅明、托马斯·曼等是德语文学神秘主义小分组。虽然这四人并不直接代表神秘主义或宗教本身,但都对晦涩的不可知者、不可言说者怀有热爱。至于小说中 X 线片和肖像画作为对立的存在(可参考汪民安的《绘画反对图像》),或许正与本雅明在《机械复制时代的艺术作品》一书中提到的"灵韵的消失"有所关联。

回到招魂,虽然这件事看起来荒诞不经且过于神神叨叨,令人不禁回忆起布克哈特《君士坦丁大帝时代》的"三百教派"之群魔乱舞的年代以及歌德《浮士德》的那几场瓦尔普吉斯之夜。但除开神秘主义的旨趣表达,汉斯与早已病逝的表哥重新相聚时的表现着实解构了某种潜在的偏见,即招魂背离了类似科学唯物主义观后的不确定性给人带来了恐惧、虚无以及身心兼备的刺激感。先前引述或有所涉,这一时刻绝非如此。"既像个老古董,又像个乡巴佬"的古怪表哥约阿希姆:

> 在两眼之间的额头上,在深深的眼窝中刻着两道皱纹,可这无损他那又大又黑的美眸射出的目光显得温柔;这目光沉静地、友善地瞅着汉斯·卡斯托普,这目光仅仅投向他一个人。……汉斯·卡斯托普没有调

转头瞅任何一位会友,也根本不想看他们干什么,听他们说什么。他远远探出身子,脑袋斜伸过去,手臂支撑在膝头上,两眼死死盯住坐在患者座位上的来客。一刹那间他像有要反胃的感觉。他喉头发紧,胸口内痉挛了好几下,便忍不住哽咽抽泣起来。"对不起!"他喃喃着,已经热泪盈眶,什么都再也看不见了。①

另外,尽管曼将魔山上的幽灵诗人霍尔格描绘得似《浮士德》中靡菲斯特那样妖言惑众,可汉斯却像刘姥姥第一次见王熙凤般见招拆招,甚至无招胜有招地流露真情,也顺带将其之前被有意设置的、看似只顾享受而麻木不仁的小市民形象一并解构了。

其实,这不是汉斯第一次显露自己的良知与操守,早在第五章之"死的舞蹈"一节中,他先是不顾院里的保密规定去访见了将死之人,因为他"鄙视其他人那全然不知也全然不愿闻问的冷血自私,想以自己的行动表示反抗"。之后汉斯又和表哥一起专程去疗养地买了一盆绣球花送给才十六七岁的垂死病人莱拉·格尔恩格罗斯,这次探访对汉斯而言,"山谷里那花店内的泥土芳香和莱拉那只汗水淋淋的小手,

---

① [德]托马斯·曼:《魔山》,第776页。

第五章 凝固时间里的病、床、啤酒、雪茄还有妖魔

都牢牢留在了他的心灵和意识里"。于是当天,汉斯凭着满满的冲动和善心,再次和表哥一起拿着一束刚喷过水的、芳香扑鼻的、由玫瑰、丁香和紫罗兰束成的鲜花探望了罗特拜恩先生。如果硬要说第一次看望是出于汉斯的刻奇心理,那么到了第三次我们足以相信他身上所富有的人道主义和医学关怀。在这持续自发的善举之中,汉斯的灵魂甚至得到了某种滋养:

> 这充实与快乐的基础固然是觉得自己帮助了别人,是觉得自己悄悄做了意义深远的好事,但除此而外也夹杂着某种窃喜,那就是感到自己的作为还带有无可指责的基督精神;这种精神事实上是如此虔诚,如此慈爱,如此值得赞扬,不管是从军人的立场出发也罢,或是从人道主义者和教育家的立场出发也罢,都没有什么可以指责的。[1]

这亦体现了曼塑造人物所用的委婉又具说服力的来回拉扯,是针对汉斯的一次成功"洗白",他在某种程度上打破了读者在阅读前几章后对汉斯形成的刻板印象,诸如以下汉斯对别的病友的观感:

---

[1] [德] 托马斯·曼:《魔山》,第359页。

他也许首先就会讲到山庄疗养院里的那样一些人,这些人毫不讳言自己压根儿没有病,是完全自愿地住在这里,冠冕堂皇的借口是身体有点儿不适,其实只是为了享乐,因为病人的生活方式对他们的口味;如已经顺便提到过的那位寡妇黑森费尔特吧,一位活泼好动的女士,十分地热衷于打赌:她和先生们赌,赌的内容包括一切的一切,赌天气会怎样,赌将上什么菜,赌年终体检的结果,赌某人又加判了多少个月,赌体育竞赛的输赢,赌雪橇比赛、滑雪或者滑冰比赛谁得冠军,赌疗养客中的这对儿那对儿关系暧昧及其发展程度,赌成百上千常常完全是微不足道、毫无意义的事情。赌的筹码呢,有巧克力、香槟酒和鱼子酱,这些东西跟着就会在餐厅里兴高采烈地吃掉;有现金,有电影票,甚至也有亲吻,即吻别人和让别人吻——一句话,她用自己这一爱好,给餐厅里带来了许多的紧张气氛和生气。只不过在年轻的汉斯·卡斯托普眼里,她的行径自然是过分轻浮,是的,单单这种人的存在,在他看来就足以侮辱这痛苦之地的尊严。①

---

① [德]托马斯·曼:《魔山》,第341页。

第五章　凝固时间里的病、床、啤酒、雪茄还有妖魔

由此可见,汉斯并不是只图享乐的贪生怕死之徒,甚至可以说他的精神内核在天生的善良秉性下呈一种非线性的上升趋势,即使存在惰性和不谙世事的单纯。

情爱乃汉斯生命的重要组成部分,其合理性在于从小成为孤儿的汉斯具备白纸般的出厂设置,感性先行是23岁的他接触世界的必然。他或多或少受到赛特姆布里尼和纳夫塔的直面影响,对待后两者偏向科学或人文思想的说教,汉斯几乎抱着来者不拒的态度,他没有单一地肯定或否定他们中的任何一人。在塞和纳下山后的时光中,汉斯并没有表现出独处的茫然无措,反而依旧过着"没心没肺"的生活。在小说第7章的"荷兰绅士佩佩尔科恩"一节中,汉斯对佩佩尔科恩产生了的charisma(超凡魅力)式的激情崇拜,即使后者与他心爱的女子舒舍夫人在一起,读者也很难看到他嫉妒的一面。

总的来看,汉斯的情感就像一杯温开水,包括他和舒舍夫人的爱欲关系,除了瓦普吉斯之夜暗示发生的性爱体验之外,汉斯一直克制得像一名"纯爱战士"。所以在他和佩佩尔科恩来往的时段里,他们两个与舒舍夫人就能形成法国新浪潮电影《祖与占》式的三角关系,其典型特征便是不以冲突为主,而是以较为和谐的,甚至是男性和男性、男性

和女性之间形成新的和睦友好的稳定几何结构。以上之友爱既含有对弗洛伊德心理学的继承和突破,也可能暗喻曼本人对塞和纳之间的思想冲突的超越,这亦反映出曼的创作思维并不是二维或非此即彼的。如此一来,我们也可以更好地理解曼为什么从认同一战转向了反对二战、法西斯主义。同时,曼的认同无法限定于民族主义、西方自由价值观或资产阶级思想。在霍布斯鲍姆(Eric Hobsbawm)所谓的"极端的时代"里,曼想必有着很强的体认,他让赛特姆布里尼与纳夫塔不断地争辩,直到后者精神崩溃自杀为止。曼推崇哪一位的思想更多一些呢?我们不得而知,要提请有答案的评论家们需加注意的是,有一次,汉斯所服膺的佩佩尔科恩断然地喝止了他们的思想之战。《魔山》确实是一部颇具反思力的智性小说,曼还将当时的时代精神以及科学、社会、政治、文化、哲学等物质技术与精神文明灌进了小说之中,正如昆德拉在《被背叛的遗嘱》中所说:

> 有不少很长很长的段落是有关人物的信息的,他们的过去、他们的穿戴方式、他们的说话方式(包括一切话语的怪癖),等等;疗养院生活极具细节的描述;历史时刻的描述(一九一四年战争前夕的岁月),比方说,

第五章 凝固时间里的病、床、啤酒、雪茄还有妖魔

那时的风俗习惯：酷爱刚发明不久的摄影、嗜食巧克力、闭着眼画画、世界语、纸牌通关、听留声机、招魂术表演（作为真正的小说家，托马斯·曼以一些注定要遭遗忘的而且不被平庸的历史编年学者注意的风俗习惯来形容描绘一个时代）。①

而对浪漫派或尼采那种对疾病以及爱欲追求的沿袭又构成了曼精神与思想的基底，其中对人的尊严及人性的肯定占据了主导地位。小说最后确实没有明确汉斯是否会战死沙场，或许参加一战只是代表了曼设计的汉斯"成人礼"实践。真正投入文本并艰苦爬到魔山上的读者们将再一次发现，曾经所谓的社会寄生虫、资本主义文明没落、对颓废的批判等20世纪旧社会自我安慰的优越性话语的无力与愚蠢。"长人千仞，惟魂是索些。"

---

① ［捷克］米兰·昆德拉：《被背叛的遗嘱》，第168页。

第六章　我们每个人都是一座……
——伊塔洛·卡尔维诺的《看不见的城市》

文体即意义？这个问题或问号对卡尔维诺而言也可以是逗号、省略号、感叹号……但很难是句号！除非我们在最后加一个括号，比如："（句号）。"

一、轻盈与沉重

古埃及人准备给遗体下葬的时候，会先把遗体的器官依次取出。在制作木乃伊的过程中，他们对死者的心脏怀着极高敬意，认为心脏记录着死者一生的善恶。古埃及人会将心脏置于坛中，或放回死者的胸腔内，这样一来，这颗心脏就能在冥界和女神玛亚特的羽毛比重量。玛亚特是古埃及的真理与正义之神，有权评断心脏的主人生前是否善良。如果死者的心脏比玛

第六章 我们每个人都是一座……

亚特的羽毛轻,死者就能在冥界永生。如果心脏比羽毛重,这颗心脏就会立刻被等在天平底下的怪兽阿米特吃掉。然而,大脑在古埃及的丧葬文化中就没有这么高的待遇了。人们只会用一把钩子把大脑从鼻孔里粗暴地拽出来丢掉。这样的行为足证古埃及人认为大脑毫无功能,或者全无用处。[1]

脊椎动物学家、吸血蝙蝠研究专家比尔·舒特(Bill Schutt)在《疯狂的心脏》(*Pump: A Natural History of the Heart*)中如是说。显然,古埃及人认为心脏是灵魂的居所,且心脏越轻(即灵魂越轻)这个人的一生也就越善良。但轻灵的魂魄也要承受生命的重量,还存在着"不能承受的生命之轻",轻与重之间的矛盾非抽象概念可以简易概括,卡拉马佐夫兄弟们的命运已然表征了这一点。在看得见的城市都柏林中,利奥波德·布卢姆在其中挣扎与行动。而在"看不见的城市"里,我们也像忽必烈汗一样循着马可·波罗的回忆与想象轻盈地(轻包括但不限于轻松、轻快、轻便、轻易)跳跃于一座座城市之间,偶尔也将在我们自己的联想与

---

[1] [美]比尔·舒特:《疯狂的心脏》,吴勐译,中信出版社2022年版,第131页。

过去之中泥足深陷,感受沉重(重包括但不限于厚重、深重、慎重、负重)。这一切"犹在镜中"。

意大利作家伊塔洛·卡尔维诺(Italo Calvino)的大脑构造是复杂精致的,那么他的心灵会否是单纯善良的呢?其实文字就是魔法,当进入霍格沃茨魔法学校之时,我们也会因为自己的心性与机缘巧合而被分到不同的学院,格兰芬多还是斯莱特林,文艺学抑或现当代文学,冥冥之中也有一些定数。但无论大家精修的是哪一门魔法,变形术也好炼金术也罢,像卡尔维诺这样的全能型大魔法师,总有着一些榜样和示范作用。读文学经典能让我们警惕黑魔法,不将自己的毕生所得钻研于钻心咒或阿瓦达索命咒,由此我们的灵魂就不至于被吞噬掉,这或许也是阅读经典小说的意义之一了。相信每一个人在真正细读、品味这些书之后,都能像哈罗德·布鲁姆在《西方正典》中说的那样,"得到只有经典文学才能够提供的回报"。虽然我们知道,他不读《哈利·波特》(*Harry Potter*)。

如果非要钩出卡尔维诺的大脑,我们希望刽子手下手还是轻一些,因为主刀医生在 1985 年夏天的时候告诉过我们,他从未见过如此复杂精致的大脑构造。要是能像某些哲学家或科学家那样冻结自己的大脑,那就更完美了,可惜当时

第六章 我们每个人都是一座……

并不存在这一高端的科技与更为高端的白日梦。还是让我们转向心灵吧。关于卡尔维诺的心灵,我们不也同样所知甚少吗?卡尔维诺的《马可瓦尔多》(*Marcovaldo ovvero le stagioni in città*,后缀为"或城市的四季")、《我生于美洲》,卢卡·巴拉内利(Luca Baranelli)与埃内斯托·费里罗(Ernesto Ferrero)的《生活在树上:卡尔维诺传》,以及让-保罗·曼加纳罗(Jean-Paul Manganaro)的《伊塔洛·卡尔维诺:写小说的人,讲故事的人》这四本2023年有中译本的作品,或许提供了了解他心灵尤其是文学灵魂的最佳媒介。

通过译林出版社的封面设计,读者都已知大脑事件以及卡尔维诺在1985年9月19日猝然离世而与当年的诺贝尔文学奖失之交臂。但这是谁的遗憾,又是谁的幸运呢?世界文学史与诺贝尔文学奖虽非不朽的保证,却是一封叩响文学万神殿大门的邀请函。2011年的得主瑞典诗人托马斯·特朗斯特罗姆(Tomas Tranströmer)说不是他在找诗,"而是诗在找我"(即便他是瑞典人),这正如《我生于美洲》(*Sono nato in America: Interviste 1951—1985*)中卡尔维诺对自己不得不写小说的自白。2010年得主秘鲁/西班牙小说家略萨认为"作家从内心深处感到写作是他经历和可能经历的最美好事情"。对于略萨这样的拉美小说家而言,他们很敏感地认识到虚构是历史的背面,小说是现实的超升,在他们心里,"写作意味着最好的生活方式"(《给青年小说家的信》)。这样认识并且做到的诗人和小说家无疑是上帝的使者,是文艺女神附灵后的预言家,是古老的属于全世界的文学传统的遗产继承人,是人类自身价值在今天延续的最新大链条。文学史的写作和文学奖的评审给予了我们这个机会去认识或评判我们自己时代的一流作家,也让我们拥有了对同样少不了的、属于更大多数人的二三流作家接触与比较的可能性。世界文学要立足文学经典,至于某些非诺贝尔奖作家如卡夫卡、普鲁斯特、乔伊斯、伍尔夫、品钦、昆德拉、卡尔维诺、艾柯等等,他们没有得奖无疑是诺贝尔奖的损失,而不是他们的损失。因为是他们塑造了文学和文体,也是他们引发了评审文学奖或撰写文学史的最初可能性。

有点惊奇但并不惊喜的是,卡尔维诺热爱现实主义传统,他最喜爱的美国作家是海明威。卡尔维诺生于古巴哈瓦那,随父母移居意大利,后寄居巴黎,所以他生存于法国与意大利两种文化之间。事实上,好的作家总是在两种或两种以上文化中进行文学创作,例如昆德拉在东欧与西欧之间,乔伊斯在爱尔兰与英格兰之间。卡尔维诺的创作以小说为主,但他始终在突破他的创作形式与创作题材,在不断的突破中,他进入了文学经典的场域,《看不见的城市》就是卡尔维诺在叙事性与反叙事性边缘尝试提踵颠足的表现之一。此外,卡尔维诺的风格是轻快的,但不意味着是轻松的。虽然卡尔维诺的作品具有奇幻色彩,但是他本人反对科幻文学,因为他倡导文学定义的无限性。(题外话,罗兰·巴特岂非就是文学世界里卡尔维诺的镜像人物?)

二、城市形态学:空间水晶时间零

卡尔维诺的《看不见的城市》(*Le città invisibili*)算是一部长篇小说,说"算"有些勉强,因为他属于这样一种作家:固有的文体不能用来定义他,是他和他的前辈们定义了古今之体式。或许他本人最初就像还在"去斯万家那边"的、青涩的"马塞尔"那样不曾想到自己可以成为新世纪小说的开拓者之一。他在《我生于美洲》中如此谈道:"我口头表达非常困难,写作也是一样。我从来无法一气呵成。我的手稿满是删改、增补的痕迹。我特别羡慕那些知道直接说什么写什么的人。我的想法总是像一团乱麻,我需要整理,确定一些核心点。表现形式具有强制性。"

表现形式的强制性在他那里首先可能意味着:每个单词都要反复推敲。在卡尔维诺看来,"恰如其分地使用语言,可使我们小心翼翼、集中精神、谨小慎微地接近在场或不在场的事物,敬重在场或不在场的事物所无言传达的东西"①。卡尔维诺在《我生于美洲》中感到:

> 事实上,我痛恨一般化、近似的词。现在我听到我说这些词,说这些普通的东西,我就对自己有一种厌恶感。这些从口中说出来的单词是一种软弱无力的、不成形的东西,这让我无比恶心。我试着在写作中,将这些总是有点恶心的单词变成一种精确的东西,这可能是我生活的目标。尤其是当这种情况开始恶化,当人们生活在一个单词日趋普通、日趋贫乏的社会里。面对一种走向拙劣或走向抽象化的语言,面对各种始终坚持的智能语言,朝着高不可攀的东西的努力,朝着一种精确语言的努力,就足以证明生活。②

---

① (Lezioni americane,即六篇"美国讲稿"——《新千年文学备忘录》,黄灿然译;也就是《美国讲稿》,萧天佑译;又称《未来千年文学备忘录》或《未来千年备忘录》,杨德友译)

② [意]卡尔维诺:《我生于美洲》,毕艳红译,译林出版社2022年版,第321页。

第六章 我们每个人都是一座……

卡尔维诺尤其喜欢创制强仪式感或者说强标签感的词汇，如本节标题中的"时间零"，又譬如"结晶派"等，这些词反复表征了他所坚持的最重要的写作原则之一：精确。卡尔维诺试图精确再精确自己的用词，直到它们够得上结晶体的一个基本粒子——足以构成他精心打造的、(让我们说是)具有旋光性的文体形式。这不仅成了卡尔维诺的生活目标，又似乎使作品得以与生活相对分离：

马尔科·德拉莫(编者按)：您的作品中，制约故事结构的那些话语体现出令人难以置信的沉重感。

卡尔维诺(编者按)：当然，写作既不能太陈腐，也不能太混乱。两年来我一直在写一部小说，现在在长期的努力之后，即将由埃伊纳乌迪出版社出版，小说题为《如果在冬夜，一个旅人》。在这本书中，也是出于构建的目的，传奇因素占主要地位。很多时候我都是在建设方案、开发这个复杂的故事中度过的。但是所有的构建都很重要。书中一切得到解决，一目了然。写作行为的实体性始终是决定性的。

但是单个单词的沉重感与整体的软弱无力，透明性，现实与脚本之间的差距形成对比。似乎在结晶过程中,从时间、从变化中有一种溢出。这是与生活的一种分离。①

欲说还休……又例如《马可瓦尔多》的第 15 章"秋天——雨水和叶子"中的描述:

> 自从他们把地下室换成阁楼以来,马可瓦尔多和他家人的生活质量就提高了很多。但是住在顶楼也有它的麻烦:比如说,天花板时常会漏水。每过一段时间就会滴个四五滴水,而且间隔非常有规律;马可瓦尔多呢,就在滴水的地方放上盆或是平底锅,下雨的夜晚,大家都上床的时候,就能听到雨滴"叮当咚"地落下,这让人不寒而栗,好像是风湿病发作的征兆。②

从地下室到阁楼、漏水、不寒而栗、风湿病等词仍旧构成了马可瓦尔多生活的不堪,紧接着卡尔维诺笔锋一转:"然而那天晚上,每当马可瓦尔多从不安的睡眠中醒过来的时候,总是要竖起耳朵去寻找那'叮当咚'声,那就像是什么

---

① [意]卡尔维诺:《我生于美洲》,第 310 页。
② [意]卡尔维诺:《马可瓦尔多》,马小漠译,译林出版社 2020 年版,第 104 页。

第六章 我们每个人都是一座……

欢快的音乐。"[1]也是在这一刻,我们发现卡尔维诺有意先让读者的静脉滴入马可瓦尔多生活的沉重与无力,随后他又从马克瓦尔多的主观视角展现了其并不颓丧的心情,甚至相反,后者在恶劣环境中倒持有了对"新加速主义"——我们在努力不用卡尔维诺的而是吸收更当代学术化一些的主义——的期待:一心只想植物快快长大。不过,马可瓦尔多在生命中的承重无疑是客观存在的,只是在面对人类自筑的囚笼时,他又有轻盈的精神去处;在面对可爱的非人类对象时,他又会在这样的"后人类主义"精神中掺杂饱满的柔暖。恰如译林出版社 2020 年精装本《马克瓦尔多》封底上所摘录的约翰·厄普代克的那句评语:"博尔赫斯、马尔克斯和卡尔维诺三人同样为我们做着完美的梦,三人之中,卡尔维诺最温暖明亮。"

"轻"的呈现,便是卡尔维诺自称的"似乎在结晶过程中,从时间、从变化中有一种溢出"。轻成就了与生活的分离,因为卡尔维诺清楚在大部分时光里,生活是沉重的。而轻与重的互为转变皆立于他的"精确"之上,就像马尔克斯在为《钻石广场》(梅尔塞·罗多雷达著)所做的序中所

---

[1] [意]卡尔维诺:《马可瓦尔多》,第 104 页。

写:"一位作家,如果懂得事物如何命名,他的灵魂就得救了一半。"

下面继续谈卡尔维诺打造的"轻",因为轻对他来说至关重要,也是我们了解他复杂思维绕不开的点。卡尔维诺在《看不见的城市》前言结尾处克制地提到:

> 第五章在这本书的中心展开了一个轻的主题,它与城市主题奇异地联合在一起,作为和其他读者一样的读者,我可以说在这一章里有某些片段,我认为是较好的,就像是幻想的物象,也许这些更加纤细的形象("轻盈的城市"或其他)是这本书最为闪光的地带。①

该章"轻盈的城市之五"一节中最后一段如此写道:"虽然悬在深渊之上,奥塔维亚居民的生活并不比其他城市的更令人不安,他们知道自己的网只能支撑这么多。"②不得不提的是,这一小节算上标点符号也只拢共302个字,光从篇幅上讲不可谓不轻盈,而短篇又是为卡位维诺所偏爱的文

---

① [意]卡尔维诺:《看不见的城市》,张密译,译林出版社2012年版,第8—9页。
② 同上书,第75页。

第六章 我们每个人都是一座……

学体式,在他眼中,这种偏爱"无非是承接意大利文学的真本领而已"。言归正传,有轻之处必有重,由蛛网织造的城市在丝网下吊着各种生活物品:绳梯、吊床、麻袋似的房子、晾衣架、小艇似的凉台、皮水袋、煤气嘴子、淋浴喷头、高架秋千、游戏套圈、高架索道、吊灯、盆栽的下垂植物。然而,这种重也只是卡尔维诺营造的叫读者受到重但人物们不会嫌重的感觉,因为他在本篇结尾明确交代了蛛网之城的居民并没有因此更不安。显然,卡尔维诺很乐意邀请读者参与这场他为轻而你我为重的文体游戏之中,即马可·波罗们与忽必烈们之间的游戏。

卡尔维诺明确自己是"为小说而生"(《我生于美洲》之"所有小说促使形成的那部独一无二的小说"),他的小说以及过去几个世纪以来的小说都是为了走向唯一的未来小说。这颇类似于马拉美心目中的诗,或本雅明念想里的书。"或许某种当初也许是他的可能的未来,而现在已是他人的现在的事物。未曾实现的未来仅仅是过去的枝杈,干枯了的枝杈。"(《看不见的城市》第二章前言)他笔下的马可·波罗所游历与叙述的看不见的诸城市也是在构造着一座"多棱金字塔"或"多棱水晶体城市","时间零"则是将各城市连接起来的中点。"因为具有精确的小平面和能够折射光线,晶体是完美性的模型,我一向珍视它,视它为一种象征。"①这每一片晶面也正是每一点"时间零"的实践与空间化的换算。

《看不见的城市》在"力图表达时间在物体中结晶的感觉"②,只有人能体会沟通时间是何意,因为人是有死的动物,小说题名中"看不见的"也可以解释为"隐形的","隐形的城市"的背后其实书写的是"可见的人",作家描摹各类城市实则是对人和人之关系的表述。卡尔维诺以象限性的形式书写,小说由不同的限度组成,总体风格则像散文诗。读者常常很难在他的作品中找到中心思想,因为卡尔维诺不进行宣教,只是将观点呈现。

通过这本书,卡尔维诺重写了《马可·波罗游记》(*Il libro di Marco Polo detto il Milione*,1298—1299,原文意为"百万马可之书")。美国戏剧家尤金·奥尼尔(Eugene O'Neill)写过《马可百万》(*Marco Millions*)一剧。小说以马可·波罗与忽必烈的对话将对各城市的描述珠联起来,使得整部长篇小说具有了连续性。作者引入历史人物作为串

---

①② [意]卡尔维诺:《未来千年文学备忘录》,杨德友译,辽宁教育出版社1997年版,第49页。

第六章 我们每个人都是一座……

联线索促使读者思考历史与文学的关系是怎样的,事实上,特定时代对历史的还原必然涉及特定时代的角度。马可·波罗与忽必烈也自然站在了不同的角度,马可·波罗不会以社会学、经济学等角度讲述,而是加入了许多虚构性成分,他的目的是以虚构的方式更好地讲述世界疆域背后"看得见的人"。我们每个人都是一座卡尔维诺的"看不见的城市"。在直接接触原典中,神奇的城市形态学得以一一构筑而成:蛛网之城、像是彼岸但也不快乐的城市、天空之城、对称的城市、城市群城市等等,"城市,记忆与欲望之所"……

"城市与眼睛之一"从他者的视角看城市,惊现出了自我与他者眼中之自我的区别,自我与他者间不仅是正面与反面的关系,还有更加复杂的联系。文中"重要的不在于他们的交合或者凶杀,而在于他们在镜中交合或者凶杀的形象要冷静清晰",体现出媒介社会中的人向他者表演的欲望大于其探究精神本质的欲望,因此人们在注重表象中放弃了本质,并在抛弃本质后得到满足。本节与《分成两半的子爵》(*Il visconte dimezzato*)形成互文性,在本节中可以看到,卡尔维诺的文学创作虽然看似轻盈,但实际上存在着否定性,文学与政治、历史构成了相互影响的场域。

"连绵的城市之一"描写了一座"更新之城",具有一定的反乌托邦色彩,批评了盲目的进步。本节隐喻人类文明本身在不断更新自己,引人思考的是人们热衷的究竟是新的生产还是对旧的抛弃,在现代,到底是一往无前地追求新的生产,还是应当在对旧的承认基础上人类的文明才能稳步走向成功。罗兰·巴特的高徒贡巴尼翁(Antoine Compagnon)曾撰有《现代性的五个悖论》(*Les Cinq Paradoxes de la modernité*),其中的"新之迷信"与"未来教"正与"更新之城"相映成趣,几可作为城市训诫以拉丁文形式张于城门之上。但不知能保存多久。

小说中也存在一些令人向往的城市,如"城市与名字之五",这一节卡尔维诺探讨了名实关系,"每个城市都该有自己的名字;也许我已经用其他名字讲过伊莱那;也许我讲过的那些城市都只是伊莱那"。城市是感性与理性关照的反映,城市间存在相似性与差异性,当只是强调不一样的城市的共性时,城市的名字又会失效。伊莱那还兼具了《围城》与《边城》之感。

在《看不见的城市》的最后一章,即第九章前言中,虚实的交织升起了更具迷惑性的"烟云"。三面临海并坐落在狭长海湾上的("而且是一个死海")就是君士坦丁堡;"上百万

第六章 我们每个人都是一座……

居民每天带着长面包回家的是巴黎";"不是楼阁建在城墙里面,而是城市建在楼阁里面的,只能是乌尔比诺";读者的想象和回忆被彻底打开了,百姓们一手拎一袋馒头另一手提一捆大葱的许是济南;大街小巷密布着与"耳"字相关传说的(采耳、折耳根、炝耳朵等)大概是蜀地;低头看蚂蚁抬头见大象的就是西双版纳;全城蓝白主色调的不是圣托里尼就是景德镇了。

第9章"前言"的最后一段其实极为适合作为本书的结尾,其中写道"形式的清单是永无穷尽的:只要每种形式还没有摘到自己的一座城市,新的城市就会不断产生。一旦各种形式穷尽了它们的变化,城市的末日就开始了"[①]。当有限的形式被穷尽,城市或人就走向了终结,因此人生的意义就在于在有限中开拓无限。卡维尔诺本人所做的,也正如《我生于美洲》中的那个用农业做的比喻:"利用杂交与嫁接培养出话语的生物多样性形式。"同时读者还要小心迷失,因为朱天文跟我们讲过:"我很喜欢卡尔维诺,他有一个很美的隐喻:时间是否会迷路。"

[①] [意]卡尔维诺:《看不见的城市》,第141页。

三、王小波但不止王小波

据说有一位意大利朋友曾告诉王小波,"卡尔维诺的小说读起来极为悦耳,像一串清脆的珠子洒落于地"[①]。此言一出,便刻定了从 20 世纪末(1997 年)流波至今日的中国普通读者对卡尔维诺的印象。然而,这句话却是一句同义反复,就像木心《文学回忆录》中的很多话一样。卡尔维诺的句子在意大利原文中读起来确实悦耳,富有音乐性,但这要归结于意大利语本身的特质。早在英国文艺复兴时期,大诗人菲利普·锡德尼(Philip Sidney)就在《为诗申辩》(*The Defense of Poesy/An Apology for Poetry*)中谈过意大利语元音太多且缺乏单音韵(the masculine rhyme)的特点。同时,理查德·科茹(Richard Carew)也提到"意大利语优美但是缺少筋骨"(without sinew),进而指出英语可以加强意大利语所没有的那种"辅音的力度"。[②] 意大利语的语音特征

[①] 王小波:《沉默的大多数》,北京十月文艺出版社 2021 年版,第 164 页。
[②] 参见张沛:《现代·民族·文学:英国文艺复兴诗学的自我主张与话语实践》,《文艺争鸣》2020 年第 6 期。

使其发音自带音乐性,这并不能归结于卡尔维诺本人的独特贡献,但单说卡尔维诺有"小说的韵律",这一点从广义上来讲则确然成立。

在出版《万寿寺》(《我的师承》即为该小说的"自序")一年之前的一篇名为《小说的艺术》的书评中,王小波对昆德拉的《被背叛的遗嘱》表达了"特别的不满,那就是作者丝毫没有提到现代小说的最高成就:卡尔维诺、尤瑟娜尔、君特·格拉斯、莫迪阿诺,还有一位不常写小说的作者,玛格丽特·杜拉斯"。

这事更需要区分对待。小说之事,兹事体大。

首先,在文学形式上,卡尔维诺无疑达到了"现代小说的最高成就"。在几十年的小说创作生涯里,卡尔维诺已经讲遍了宇宙、城堡、饭馆、森林、城市……"他只剩下一件事要做:把这些作品的创作手法,也就是在作者和读者之间实现符号传递的机制解释清楚。"[1]于是,在 20 世纪六七十年代,在文学界对小说形式的前景多有争论之际,卡尔维诺以《寒冬夜行人》(*Se una notte d'inverno un viaggiatore*,又

---

[1] [法]让-保罗·曼加纳罗:《伊塔洛·卡尔维诺:写小说的人,讲故事的人》,宫林林译,南京大学出版社 2023 年版,第 162—163 页。

译《如果在冬夜,一个旅人》)提出了自己的手工制作法。卡尔维诺以作者的身份亲自登场,直接对读者以你相称:你将开始阅读伊塔洛·卡尔维诺的新小说——《如果在冬夜,一个旅人》……满足阅读的欲望,需要做一系列的调整并找好姿势。根据曼加纳罗的分析,与其说这假设了在读者和作者之间建立起一种恋爱关系,不如说是引诱与征服的关系,两个素不相识之人通过一套编码符号系统也就是这本书相互影响。翻开这本书的肯定是某位接受过一定教育的读者,他有着自己的"前理解",可该书接下来却发生了排版错误造成的页码错乱状况,甚至作者都不再是卡尔维诺……

而在《看不见的城市》中,呈阶梯状的几何式目录早就展示了卡尔维诺对图形化文体的热衷,他曾说:

> 给我更大机会来表现几何理性与人生莫测变幻之间的张力的、更为复杂的形象是城市的形象。我极力多加叙述我的思想的书依然是《看不见的城市》,因为我在书中聚集了我对一个单一象征全部的思考、实验和猜想;还因为我建构了一个多面的结构物,在其中每篇短文都十分接近其他短文,组成一个不表现逻辑序列或者等级关系的系列;它要表现的是一个网络,

第六章 我们每个人都是一座……

在这个网络中可以采纳多重的途径,得出多重的、派生的结论。①

在君士坦丁堡还不叫君士坦丁堡的君士坦丁时代,有一个名叫普布利乌斯·奥普塔提安努斯·波菲里乌斯的人,他为了重新获得君士坦丁的宠幸,对诗歌进行费力伤神的语言设计:

> 语句的间隔反复,也就是在五韵步的末尾重复六韵步的开头词语;图形诗,也就是把诗歌精心排列成祭坛、排箫、管风琴之类的形状;将全部罗马韵律组合进一首诗;列举各种动物的叫声;回文诗,也就是可以正过来反过去读的诗;以及其他偏离常态的诗作。
>
> ……
>
> 他写了二十六首诗,大部分有二十到四十个六韵步,每个六韵步包含了相同数量的字母,这样,每首诗的外形都是正方形。某些用红笔写的字母拼成一些图案,如花押字、XP 或花饰,每当连读的时候,又能拼成

---

① [意]卡尔维诺:《未来千年文学备忘录》,第50页。

一句箴言。①

虽然卡尔维诺与普布利乌斯的创作初衷大异其趣,然而若马可·波罗可涉及新罗马城市中的这些作品的话,或许心有戚戚焉亦未可知。

我们完全无法将卡尔维诺归类为现代文学中的任何潮流或派别之中,正如完全无法在现代文论史中归类罗兰·巴特或翁贝托·艾柯。他就是那条变色龙,只不过变色龙随环境而拟态,他和他们却可以让环境变成他当日的颜色。这样的角色我们也不是没有见过,奥维德、但丁、莎士比亚、歌德、托马斯·曼等都是变形的好手。意识流、表现主义、自我指涉、元小说、框架嵌套……卡尔维诺不仅是文学现代主义的集大成者,也是后现代文学手法之父。而且这种文学创作和学术研究的变形记也不同于学术论文之变形记,后者讲究核心期刊的发文量秘诀,但前者可能更关心国际核心刊物的发量秘诀,也就是说……"发(fā)文量"是一本正经而且功利实用的,但"发(fà)量"是亦庄亦谐而且唯变不变的。

可是,文学不仅在于形式和手法。不论是《被背叛的遗

---

① [瑞士]雅各布·布克哈特:《君士坦丁大帝时代》,宋立宏、熊莹、卢彦名译,上海三联书店2017年版,第213页。

嘱》还是《小说的艺术》,昆德拉都强调了文学与思想、文学与历史、文学与哲学、文学与政治之间的丝缕缠流和引针簇射。但王小波并没有在自己对小说的讨论或者在昆德拉文论的语境下注意这一方面,虽然王小波的文学创作在实践着这一点。

在卡尔维诺的作品作为现代小说经典的意义上,我们能够把握到他小说中的历史性,如《我们的祖先》三部曲——《不存在的骑士》《分成两半的子爵》《树上的男爵》——中近乎存在主义的思考。无疑,卡尔维诺的《意大利童话》也将使我们"记住意大利"。在《看不见的城市》里可以见出卡尔维诺是如何提供了更多的人类思维的可能性。最后,卡尔维诺能唤起读者的审美情感,发现一种具有文学性的"陌生化"表达。就像卡尔维诺自己在《我生于美洲》的"前言"中所说的:"当然,同时我也在做其他事情。我总是同时做很多事情。对这件事我总是抱怨,但也许它符合我的某种需要。"

但是在更多方面,卡尔维诺是卡尔维诺,他不是昆德拉反复强调的卡夫卡、布洛赫、哈谢克、穆齐尔之类的小说家。昆德拉在《小说的艺术》里"受到诋毁的塞万提斯遗产"一文中主张"四种召唤",卡尔维诺极为适配于"游戏的召唤",在一定程度上也可交叉于"时间的召唤"和"梦的召唤",但他不太符合昆德拉意义上的"思想的召唤"。这一点是阅读卡尔维诺何以要"王小波但不止王小波"的要点所在。王小波的小说不求教化但却隐含了反抗的教化;卡尔维诺的小说不同于同时代昆德拉看重的中欧以及随后拉美(昆德拉所谓的"热带化")的思想召唤和放纵文化,卡尔维诺毋宁说是一名小说史(在主题和技巧的双重意义上)的穿越者(另一位意大利作家艾柯则更变本加厉),是一名小说中的游戏开发师和头号玩家。读者在阅读他的作品时会产生诸如提炼文本的结构是否与作家的反结构的意愿冲突之类的疑惑。无需多言,提炼、凝缩文本结构是读者把握文学经典、欣赏艺术作品的钥匙。罗兰·巴特曾提出"作家已死",读者的阐释与作家的意愿实际上并无特定联系,经典作品也正是在无数读者的讨论与阐释中延续生命。读者对卡尔维诺小说游戏的参与本身就足够算作一宗"宇宙奇趣"。

不过,"在你说'喂'之前"(prima che tu dica "pronto"),也要记得这是一条"通向蜘蛛巢的小径"(il sentiero dei nidi di ragno),其他经典小说家或许会提供更多、更深的"思想的召唤",卡尔维诺也只是"新千年文学"之中的一座"看不见的城市"呀,卡,卡尔维。

第七章　母亲腹内的诺亚方舟以及诗人与小说家的区隔

——米兰·昆德拉的《生活在别处》

2023年7月11日,拥有法国、捷克双国籍身份的卡夫卡文学奖获得者,小说家米兰·昆德拉去世,享年94岁。如果以这些词语组成的这一句话作为谈昆德拉的开头,不知昆德拉心里会作何感想?

到此位作家这里,我们需要直面那个隐匿的问题了:当代文学,或者说得更明白一些,在世作家的作品也能算作经典吗?贡巴尼翁在《理论的幽灵:文学与常识》(*Le démon de la théorie*)中曾戏谑地提及,难不成规定博士论文只写去世作家?就像村上春树《挪威的森林》中的永泽把渡边彻在读的存世作家作品全都扔进废纸篓?而我们要替一些当代中外文学杂志和教研室问一下该怎么办,毕竟它们的潜规则可能是只写活着的作家或至少是去世不超过多少年(比如50年)的作家。那么是否从2023年7月11日开始,比较文学专业可以写研究昆德拉的博士论文了？也从这一天开始,某某文学动态研究期刊不能再刊发昆德拉相关的学术论文了？当然,2023年7月11日可以算作例外,因为昆德拉在这一天去世,所以这一天的"保质期"可以额外算作热点问题。这当然是一个玩笑,不论算不算昆德拉意义上的玩笑。对了,不能忘记,"区隔"一词本身也是个玩笑。

一、昆德拉之于我们的意义

看来经典与否除了保质期之外还要跟生活一样到别处去寻,不然很容易导向同义反复、自我闭环。吴晓东在《无法终结的20世纪——重估米兰·昆德拉的历史遗产》一文中非常贴切地表述道:"如果说,博尔赫斯和卡尔维诺影响了我们对文学本体的体认,那么,昆德拉则介入的是我们的生命、思想和情感历程……如今从历史的后设性和回溯性的视角出发,做一回事后诸葛,可以得出的结论是:昆德拉的作品在全世界的风靡,是人类终于告别冷战阴影的最具

第七章　母亲腹内的诺亚方舟以及诗人与小说家的区隔

象征性的文学事件。"①昆德拉早已从政治和历史开始浸润在了我们每一位文学读者的日常生活之内。

让我们再于更具身性的实例之中感受一二。没有韩少功、许钧等人所翻译的那本《生命中不能承受之轻》或《不能承受的生命之轻》(*L'insoutenable légèreté de l'être*),就再也难寻这种对生命中"灵与肉"的当代诗性思考话语。如果我国没人翻译昆德拉:那就不会有这么多微信昵称为"生活在别处";不知道碰到自我感动的情形时,除了"媚俗"(kitsch)之外该用什么词来形容之;看见"米兰"这两个字只能想到意大利或者足球队;对卡夫卡的理解将比今天落后许多年;对王小波的热爱也降低了至少一星半点;历年诺贝尔文学奖期待的得主减少为仅村上春树一人;想不到生命的"轻与重"竟然也有不能承受的辩证意味并且随后成了一套丛书的名字;少了些对政治的理解的同时,或许听不到周杰伦与蔡依林合唱的《布拉格广场》这首歌曲了……

最后,意欲探究昆德拉的意义,我们还是需要回归昆德拉的小说,千万不能像卡夫卡学那样用无尽的理论与史学把

---

① 吴晓东:《无法终结的20世纪——重估米兰·昆德拉的历史遗产》,《当代文坛》2024年第1期。

卡夫卡小说推到理解卡夫卡的边缘地位，不然我们将只剩昆德拉学，而忘却了昆德拉首先是一位写作小说和讨论小说的小说人。须知昆德拉在谈论萨尔曼·鲁西迪（Salman Rushdie）时明确说过"小说是另一个星球"，昆德拉在《被背叛的遗嘱》(*Les testaments trahis: essai*)之"巴奴日不再引人发笑之日"中已然给过我们他对文学批评的定义或描述了：

> 我决不诽谤文学批评。因为对一个作家来说，没有什么比缺席遭批更糟的事了。我说的是作为思考与分析的文学批评；是懂得应该反复阅读欲评作品的文学批评（就像一部音乐大作人们可以无穷无尽地反复聆听那样，小说大作也是为人们反复阅读的）；是对当前杂色纷呈的世事置若罔闻，而一心争论一年前、三十年前、三百年前诞生的作品的文学批评；是试图抓住一部作品的新鲜之处并将它铭刻在历史的记忆之中的文学批评。假如没有这样一种随时与小说史相伴的思考，我们今天就会对陀思妥耶夫斯基、对乔伊斯、对普鲁斯特一无所知。没有它，一切作品就会在经受随意的评判之后迅速地被人遗忘。拉什迪的遭遇表明（假如还需要一个证明的话）这样的一种思考今天已经不

第七章　母亲腹内的诺亚方舟以及诗人与小说家的区隔

再时兴。文学批评已被物的力量,被社会与新闻业的进化不知不觉地、直截了当地变成一种简单的(常常是灵敏的,总是匆匆忙忙的)有关文学现状的信息。①

就不仅为纪念的纪念而言,昆德拉的意义在于告别冷战阴影的、最具象征性的文学事件,若还要再尝试凝炼意义(而非文字),或许该说昆德拉指向了在经历了"奥斯维辛"后,写小说是"存在的"。

在《小说的艺术》(L'art du Roman)中,昆德拉提到哲学家和小说家的思维方式有着本质的不同,比如陀思妥耶夫斯基的《作家日记》中的思想有着完全的确证性,但陀氏思想的伟大性并不在日记里,而只在他的小说之中,接着昆德拉提到:

> 对于陀思妥耶夫斯基来说,规则还是存在的:思考一旦进入小说内部,就改变了本质:一种教条式的思想变得是假设性的了。哲学家试着写小说时都忘了这一点。只有一个例外:狄德罗。他那令人赞叹的《宿命论者雅克》!这位严肃的百科全书作者一旦进入

―――――――――
① [捷克]米兰·昆德拉:《被背叛的遗嘱》,第24—25页。

小说的领域,就变成了一个游戏的思想家:他小说中没有一句话是严肃的,一切都是游戏。这就是为什么这部小说在法国极不受重视。实际上,这本书蕴藏了所有法国已经失去又拒绝再找回的东西。今天人们喜欢思想甚于作品本身。《宿命论者雅克》是无法翻译成思想语言的。①

昆德拉的这一评判和区分在一定程度上点出了小说与哲学的本质性差异,小说具有虚构性和假设性甚至游戏性,哲学则具有教条意味或至少是规定性意义。但昆德拉说的也不一定就是真理,虽说他认为在小说上"所有法国已经失去又拒绝再找回"游戏的思想,可法国的现代和后现代哲学反而始终具有从未失去的游戏的思想。而且昆德拉是一位小说派"死忠粉",他力图维护小说传统的那种天生混杂的文本本身的纯洁性,但我们不必如此。《宿命论者雅克和他的主人》(*Jacques le fataliste et son maître*)或《安娜·卡列尼娜》确实无法翻译成思想语言,也就是说,我们不应该止步于"这部小说说的是什么故事或者传达的是什么观点"之

---

① [捷克] 米兰·昆德拉:《小说的艺术》,董强译,上海译文出版社 2011 年版,第 98—99 页。

第七章 母亲腹内的诺亚方舟以及诗人与小说家的区隔

类的幼稚或走偏了的提问。可是这也不意味着小说与哲学泾渭分明、非此即彼,哲理小说或诗性哲学等跨学科、跨文类的尝试从未断绝。从柏拉图的戏剧体哲学到但丁将神学、哲学、历史、政治等融为一炉的诗歌;从托马斯·莫尔的对话体人文主义作品到本雅明意义上的巴洛克德意志悲苦剧。文学和思想的形式不应该只有一条道路或一种文体可以选择。启蒙哲人虽然理性,但也充分地意识到了写作艺术和跨越边际的重大而多重的意味。法国启蒙运动尚且如此,随后更具思辨性的德国早期浪漫主义更自不待言了。看来读者在进行最初的昆德拉式的小说展开批评之际也要提防昆德拉自己在《小说的艺术》中所谓的"简化的蛀虫",也就是说要既入乎昆德拉所谓的小说史之中,又出乎昆德拉框定的、一不小心就会走出的并非小说本身的界限。毕竟,生活和小说也在"小说的艺术"的别处,哪怕是昆德拉的《生活在别处》(*Život je jinde*)也不能例外。

二、生活、小说、诗和爱情在何处?

《生活在别处》是昆德拉最负盛名的长篇小说之一。这部小说撰写于捷克，发表于法国。随后在 1975 年，昆德拉携妻子离开捷克移居法国。在这一境况下，昆德拉的《生活在别处》和《玩笑》(Žert，1968 年"布拉格之春"之后，被列为禁书)颇类似于帕斯捷尔纳克之写作与发表的《日瓦戈医生》。只是昆德拉选择了远赴他乡，帕斯捷尔纳克则留在莫斯科并开始内心的流亡。后来的故事我们都知道了，帕斯捷尔纳克迫于压力拒绝了 1958 年的诺贝尔文学奖，于 1960 年病死家中。昆德拉开始了《不能承受的生命之轻》等后期作品的写作，后来也从捷克语写作转向法语写作，于 2019 年重获捷克共和国的公民身份。

《生活在别处》的原书名为《抒情时代》(L'Âge lyrique)，这是一个残忍的讽刺。主角雅罗米尔出生于 1948 年至 1950 年捷克斯洛伐克政权变更之际，这本身就反映了昆德拉小说的多重张力：一是《生活在别处》写作于"布拉格之春"，而在苏共武装占领的年代回忆的是约 20 年前的捷共胜利与土地改革时期；二是所谓的抒情时代也许是以抒情诗人们尤其是主角雅罗米尔为视角的说法，但这一抒情时代也正其是革命年代；三是昆德拉的小说与雅罗米尔的诗歌形成了不同文学文体的正面冲突与内在嵌套的关系。抒情与革命当如何调和或叠加？青春与诗歌大概是答案之一。

第七章　母亲腹内的诺亚方舟以及诗人与小说家的区隔

从小被当作妈妈的宝贝儿子的雅罗米尔也在某种程度上注定了遵循类似的家训。在中国,妈妈只希望你有一份稳定的工作,如果能在本科每年都拿全额奖学金,更重要的是当上学生会主席,然后于山东大学读个研,最后去考公务员的话就再好不过了——而且爸爸也是这样想的。至于在昆德拉的捷克,妈妈只要你在我的怀抱里茁壮成长。可偏偏雅罗米尔却产生了叛逆心理——这也是昆德拉的思想实验。雅罗米尔始终寻求着自己欠缺的东西,而寻找的方式却是极度反经验、无反思性的,甚至起初只能靠幻想来实现一种自我欺骗式的虚拟叛逆,而他幻想的主体/对象是——一直想写却从未开始写的长散文诗男主——克萨维尔,即他的另一自我。在幻想中,他将自己与克萨维尔认作同一个人,两人为一体之两面。在小说第五部分"诗人嫉妒了"中,雅罗米尔与红发姑娘分享了"克萨维尔之奇遇"的相关构想:

> 克萨维尔和其他人的生活方式完全不同;睡眠就是他的生活;克萨维尔沉睡、做梦;他在一个梦中沉睡,接着他会做下一个梦,于是他重新在另一个梦中沉睡,然后再做一个梦;从后面的梦醒来他又回到以前的梦里;他就这样从一个梦到另一个梦,于是相继体验许多

不同的人生；他居住在不同的人生中，从一个跳到另一个。像克萨维尔那样生活不是很奇妙吗？不会被囚禁于一种单调的人生中？当然，肯定还是要死的，但却能有多种不同的人生？[1]

小说早在第二部分"克萨维尔"就横空展开了克萨维尔的奇遇记，对此昆德拉或叙述人先前毫无暗示，所以一整部关于"空降人"克萨维尔心灵奇旅的插叙看似极为突兀。直到第五部分，克萨维尔的身份之谜才得以揭开。这些长段可被视为昆德拉给予雅罗米尔的第一次颇具诗人意味的反叛冒险，与后者的长散文诗构思高度贴合（尤其体现在克萨维尔的生活方式上），甚至可以被视作这首从未诞生的幻想诗的一次跨意识的现身：

是的，克萨维尔睡着了。

克萨维尔睡觉不是为了从睡眠中汲取醒来的力量。不是的，对这种枯燥的醒——睡的摇摆运动他一无所知。

睡眠对于他来说不是生命的反义词；睡眠对他来

---

[1] ［捷克］米兰·昆德拉：《生活在别处》，袁筱一译，上海译文出版社2022年版，第260—261页。

第七章 母亲腹内的诺亚方舟以及诗人与小说家的区隔

说就是生命,生命就是一种梦。他从一个梦转到另一个梦,就好像从此生命到彼生命。

……

克萨维尔的生活不是一种单纯的从生到死的线性的生活,那一根肮脏而漫长的线;他不是在"过"他的生活,而是在睡;在这睡眠之生中,他从一个梦跳到另一个梦;他做着梦,一边做梦一边沉睡,做着另一个梦,仿佛他的睡眠就是一个盒子,在这盒子里总是套进另一个盒子,另一个盒子里再套进另一个盒子,一个接一个,如此继续下去。

比如,在他睡的这会儿,他同时在查尔斯桥的房子和山间的木屋里;这两层睡眠就像是竖琴上久久回响着的两个音符;并且在这两个音符之上又添加了第三个音符:他站着,在看。

……

已经是梦的尾端。

最美妙的时刻,是一个梦尚在持续,另一个梦已经临近的时刻,这时他醒了。[1]

---

[1] [捷克]米兰·昆德拉:《生活在别处》,第 91—92、101、109 页。

然而这只是存在于雅罗米尔脑海中的一次"梦"的冒险,最终以背叛美丽女人为结局,且是由昆德拉帮忙"代笔"书写而成的。这一刻,昆德拉既成了雅罗米尔,也成了后者隐形的"母亲"。昆德拉的"介入"无不昭示着雅罗米尔作为无法成熟的诗人其能力有限,正如乔伊斯在《尤利西斯》中所言:优美而并不干练的做梦人,遇到严酷的现实就只有惨败。昆德拉在其《被背叛的遗嘱》中评价托马斯·曼的《魔山》时曾如此写道:

> ……在托马斯·曼笔下,甚至连梦境也是描述:在疗养院里度过第一天后,年轻的主人公汉斯·卡斯托普睡着了;白天发生的一切在梦中都以一直腼腆的变形重复了一遍,没有比这更俗气的了……《魔山》中的梦只有一种功能:让读者熟悉环境,证实他的现实的幻觉。

而在《生活在别处》中,昆德拉则用克萨维尔梦中发生的一切变形为雅罗米尔现实中的冒险,梦似乎起了预言现实的功用——克萨维尔最终也背叛了雅罗米尔,正如背叛美丽女人那样:

> "你要背叛我?"
> "是的,我要背叛你。"

第七章　母亲腹内的诺亚方舟以及诗人与小说家的区隔

> 雅罗米尔已经无法呼吸。他只感觉到一件事情，他非常非常讨厌克萨维尔。最近他还想过克萨维尔和他只是一个人，是一个人的两面，但现在他明白克萨维尔是与他完全不同的另一个人，他现在是雅罗米尔的敌人。[1]

此时雅罗米尔的身份极为暧昧，因为他既是他自己，也是克萨维尔，又是被撇下的那个美丽女人。他在长散文诗中背叛了女人，自己也遭受了同样的命运。然而，这一切似乎又是为他在将死之际说出"是的，妈妈，我最爱的女人是你"所做的终极铺垫，做梦人雅罗米尔给自己灌的最后一剂安慰剂。

幻想的克萨维尔对于诗人雅罗米尔在小说家昆德拉的《生活在别处》之中而言，正如爬满的虱子对于华丽的袍子在小说家张爱玲所谓的生命之中。

雅罗米尔寻求母爱之别处的爱情、寻求诗歌之别处的现实、寻求现实之别处的理想。可是他又在爱情里用曾接受的畸形母爱对待她者，在诗歌中掺入了意识形态并毫无反省地将政治与文学混而为一，最终在时代的裹挟下选择

---

[1] ［捷克］米兰·昆德拉：《生活在别处》，第409页。

举报爱人的哥哥换取自己革命情怀的虚假现实主义安慰——这种自认为摈弃情感的理想主义，其实却是感情用事的幻想和自慰。雅罗米尔的梦境/现实冒险记最终滑入"向下的幸福"的轨道，即使他的初衷如同亚里士多德在《尼各马可伦理学》中所论及的"一切技术、一切规划以及一切实践和抉择，都以某种善为目标。因为人们都有个美好的想法，即宇宙万物都是向善的"①。事与愿违的结果恰恰映射出雅罗米尔始终依赖着的某种内在路径，在试图跳出盒子（jump out of the box）时，他已经囿于盒子（box）——昆德拉伪主体化精装修后的卡夫卡式城堡之中。雅罗米尔每次主动选择的历险是都对自身的一种考验，这与《魔山》中的汉斯·卡斯托普选择"躲"在山上 7 年避免遭受考验完全不同，后者在童年时期几乎未曾受到父母的教化，然而一张白纸的孤儿设定也恰恰促使了汉斯无时无刻不在经受着未经筛选的万事万物的考验。而雅罗米尔的历险是聚焦的，它的失败实际上是一种必然，除非他能够超越母亲给自己带来的病态影响。可惜他没有悟空（Finite Verb，限定动词）的机缘。

---

① ［古希腊］亚里士多德：《亚里士多德全集》（第八卷），苗力田译，中国人民大学出版社 2003 年版，第 3 页。

第七章　母亲腹内的诺亚方舟以及诗人与小说家的区隔

虚构中的虚拟,只消像沙漏般倒过来,便一如真实中的真相。

不论雅罗米尔是不是典型的"妈宝男",但他一定是典型的文艺青年。在昆德拉的《生活在别处》中,文艺青年的同义词几乎就是"抒情诗人",确切地说,不是诗歌或文艺本身令昆德拉有任何意见,他所要反讽的是且仅是抒情时代的抒情诗人。昆德拉曾经自己就是一位"雅罗米尔",弃抒情诗歌而从散文小说,对他来说就像改变信仰一样严肃,他清楚地知道自己背叛了曾经笃信的那种世界观、那门宗教教派。原因很直接,因为他发现有的"雅罗米尔"实现了诗人和刽子手之间的联合,而他不能接受这一点。法国传记作家布里埃(Jean-Dominique Brierre)在《米兰·昆德拉:一种作家人生》(*Milan Kundera: Une vie d'écrivain*)中摘录的一段昆德拉的《与诺尔芒·比龙的谈话》或许能够佐证他的真实想法:

> 后来,他不停地揭露诗人被认定是无辜的这一断言,1979年他说道:"我有一种难以抑制的渴望,想破除某些谎言的神秘性。依照这种虚构的思想,诗歌,就是绝对价值。因此,诗人永远不可能像我的雅罗米尔那

样,是密探,是告发者……人们能够接受一位伟大的哲学家与法西斯分子相处融洽,也能够接受一个伟大的战士是坏蛋,或者一个科学天才是懦夫,这都不会引起多少公愤,但人们无法接受一个伟大的诗人、一个真正的诗人是告密者。可我曾十分真切地看到,某些非常伟大的诗人做过比我可怜的雅罗米尔恐怖得多的事。并且,他们做那些事并非与自己的诗歌才能相违背,而是依靠了后者的支撑。"①

可是,以昆德拉的见识而论,他总不至于天真地以为小说就能够完全克服或超越这一困境与矛盾吧?但毕竟,可以推断的是,昆德拉明白小说可以建立在反讽之上,而这一对小说的跃入之举是他很少言明却毋庸置疑的自我拯救之道。昆德拉的生活正在此处。他的这一次属己的小说书写也正是对过去属己的诗歌的反叛,他的爱欲在此处得到了净化,此处也将是他今后人生精魂的休憩家园。

在《地狱一季》(*Une saison en enfer*)的《谵妄Ⅰ 疯狂的童贞女/下地狱的丈夫》中——就用王道乾的译名,岂不美

---

① [法]让-多米尼克·布里埃:《米兰·昆德拉:一种作家人生》,刘云虹、许钧译,南京大学出版社 2021 年版,第 90 页。

第七章 母亲腹内的诺亚方舟以及诗人与小说家的区隔

妙——法国诗人兰波说真正的生活是缺席的。安德烈·布勒东的《超现实主义宣言》(*Manifestes du surréalisme*)也对此回应作生存在别处。反复阅读诗人诗作的体验使雅罗米尔萌生了诗人的志气,母亲则为他贴上了标有"诗人"字样的封盖。昆德拉发现诗人与母亲有一种普遍的联系,于是他不厚道地为诗人下了一个定义:"这是一个在母亲指引下,向世界炫耀自己的年轻人,但他不知道如何进入这世界"(《与诺尔芒·比龙的谈话》)。

"抒情时代"也是"革命年代",又与青春、爱情挂钩,"革命和青春是一对伴侣"(《生活在别处》第四部之"诗人在奔跑"),但我们所熟悉的雅罗米尔越是想要抓紧就越是不能把握爱情。他在捷克斯洛伐克最黑暗的斯大林主义年代下揭发了自己女朋友的哥哥,而这整桩事都基于误会,接着在误会后的一连串事件里——我们又发现了雅罗米尔的女友是有情人的——可以感知到雅罗米尔本人的检举不是出于秉性恶劣或革命热情,而是他沉醉于其中的抒情性……只有昆德拉本人能够描写得出这种可笑与残忍兼备的抒情性,因为他是一名抒情"过来人":

> 他的耳边一直回荡着这句熟悉而具威胁性的话:

按照惯例,我们会对他们进行盘问的,这句话激发了他的想象;他知道他的女朋友此时正在那些陌生男人的手里,听任他们的摆布,知道她很危险,知道这种持续几天的盘问当然不会是微不足道的小事;他回想起老同学在和他谈到棕发犹太人所说的话,在谈起警察艰苦的工作时所说的话。所有的这些想法和想象都给了他一种甜美的感觉,香香的,带点高贵,他觉得自己变得伟大了,仿佛一座移动的忧伤纪念碑般穿过街道。[1]

雅罗米尔的诗歌绝非自我感动的分行日志,他得到了一定的诗歌界乃至艺术界的认可。我们不应认为他写的都是歪诗或劣诗,不然昆德拉的意志便得不到贯彻与实行了。雅罗米尔的诗歌、爱情与生活或许正在革命的抒情下不断地进行着三元换算与自我闭环。而昆德拉选择了割断他曾经的钟爱,毅然切换为了怀疑、冷眼和讽刺的目光。小说家也是人。在小说家身上,我们不免看到镌刻在他们身心上的爱恨情仇的印记。康拉德与纳博科夫恨俄国,连带将陀思妥耶夫斯基也恨了进去;昆德拉反抒情并追溯着将情感主义和浪漫主义也一道大加批驳。他发现小说就是生活、

---

[1] [捷克]米兰·昆德拉:《生活在别处》,第345页。

第七章　母亲腹内的诺亚方舟以及诗人与小说家的区隔

诗歌与爱情的反思载体,他还发现小说就是文学自反的文学或反省人性的人性。在其中,他除了抒情之外还可以尽情地反讽、同情、去爱、批评、理解、开玩笑、生活、性交、存在……在《被背叛的遗嘱》中讨论斯特拉文斯基和他移民生活创伤的时候,我发现了昆德拉的"生活在别处"。他在《被背叛的遗嘱》第三部分之"纪念斯特拉文斯基即席之作"中的"斯特拉文斯基的安身之处"中是这样揭露斯特拉文斯基的秘密,从而也透露了他自己的秘密:

> 毫无疑问,假如他能一直留在自己的故乡,他的艺术嬗变过程就会沿循一条不同的路。事实上,他在音乐历史中的漫游的开端,正好与他的祖国于他不复存在的时刻差不多吻合;他明白任何其他国家都无法代替他的祖国,于是也就在音乐中找到了自身存在的国度。依我看来,他唯一的祖国,他唯一的安身之处,就是音乐,就是一切音乐家的全部音乐,就是音乐的历史。这不是我自己生造的一种漂亮的抒情表达方式,我只是再具体不过地提到了它而已。正是在那里他决定安置自身,扎下根子,居住下去;正是在那里,他最终地找到了他仅有的同胞,他仅有的亲人,他仅有的邻

人,从佩罗坦到韦伯恩;正是和他们,他开始了至死方休的漫漫无期的长谈。①

这便是昆德拉生活和爱欲在何处的秘密。毫无疑问,昆德拉唯一的祖国,他唯一的安身之处,就是小说,就是一切小说家的全部小说,就是小说的历史。这不是我自己生造的一种漂亮的抒情表达方式,我只是再具体不过地提到了它而已。正是在小说里他决定安置自身,扎下根子,居住下去;正是在小说里,他最终地找到了他仅有的同胞,仅有的亲人,仅有的邻人,从塞万提斯和拉伯雷到卡夫卡和卡彭铁尔;正是和他们,他开始了至死方休的漫漫无期的长谈。

三、小说和小说批评还在继续

> 小说家的创举,就在于想到用一个等量的非物质的,即我们心灵所能领会的部分,来替换心灵无法洞察的那些部分。当我们按捺不住激动的心情,一页一页往下看的时候,既然我们对这些小说中新创造的人物的一

---

① [捷克]米兰·昆德拉:《被背叛的遗嘱》,第103页。

第七章　母亲腹内的诺亚方舟以及诗人与小说家的区隔

切情绪都是感同身受,觉得这一切都是附丽于我们而存在的,既然这些情绪已经攫取了我们急促的呼吸和热切的目光,那么这些人物的行为和情感是否真实,又有什么关系呢?一旦我们受小说家引导而处于这种状态,就如所有纯粹内心状态的情形一样,一切感情都会变得十倍的强烈,于是他的小说就会像一个梦那样使我们心潮起伏,但这个梦比我们睡觉时所做的梦印象更清晰,记忆更持久,它一小时在我们心中所能激起的幸福与痛苦,我们在生活中也许要花好几年才能领略到其中一部分,而其中最强烈的情绪,我们也许永远领略不到,因为它们引起的过程非常缓慢,慢到我们无法觉察得到。(在生活中,我们的内心情感也是这样在变,这正是人生最大的悲哀;但是我们只有在阅读和想象中了解这种悲哀:在现实中,内心的变化类似于某些自然现象的演变过程,是相当缓慢的,即使我们能做到持续不断地注视每个不同的状态,这种变化仍然是无法感觉到的。)[①]

以上为普鲁斯特《追寻逝去的时光》第一卷《去斯万家那

---

① [法]马塞尔·普鲁斯特:《追寻逝去的时光·第一卷:去斯万家那边》,周克希译,人民文学出版社 2010 年版,第 88 页。

边》中的"我"醉心于小说时的一段按捺不住的告白,虽然充盈着主观激情,却不失对小说的理性剖断,甚至揭示了小说永恒性中的隐微一面,即通过阅读,读者有机会在一小时内获得需要几年甚至更漫长的时间才能体验到的情愫。除却小说本身可能存在的教化意义,情愫也起着如开关般触发净化与超升(Katharsis)的重要功用。这种无法量化的看似玄妙的心流恰恰是对被选定的读者的感性考验。相较此处的普鲁斯特,昆德拉则更常从小说艺思及其阶段看待小说与小说批评。

昆德拉对抒情诗歌和小说艺术的定义自然不能通而用之,但他确实摆脱了个人性,不限于私己之认识。对他所称谓的一类小说而言,"小说不研究现实,而是研究存在"(《小说的艺术》)。小说和小说批评还在继续,不论是否为他之所愿,昆德拉都在客观意义上为小说增添了小说本体论层面上的历史性、哲学性、"轻"与"肉"。

正如昆德拉的《帷幕》以及帕慕克的《天真的和感伤的小说家》等小说家论小说和小说家的著作中所示,俄语作家陀思妥耶夫斯基的知己可能是法国的纪德,捷克作家卡夫卡的后代也许是哥伦比亚的马尔克斯,同理,懂白居易的或许是日本的紫式部,波士顿的叶凯蒂可以看到与许知远所看到的不同的梁启超……在复调的声音中,中国文学也会

第七章　母亲腹内的诺亚方舟以及诗人与小说家的区隔

在世界文学的乐谱中流出具有独特主体性的旋律线,这首先是与世界文学的中国当代化密不可分的。通过充足的翻译、研究、对话、访谈、倾听和批评之后,公器自有公断。昆德拉的小说和小说批评为我们带来的不仅是一些名词,更是看待小说作为不同于哲学传统和政治、经济、社会学传统的第三种认知与思想传统:

> 小说以自己的方式、自己的逻辑,一个接一个发现了存在的不同方面:与塞万提斯的同代人一起,它询问什么是冒险;与萨穆埃尔·理查德森的同代人一起,它开始研究"内心所发生的事情";与巴尔扎克一起,它揭开了人在历史中的生根;与福楼拜一起,它勘察到那时为止一直被人忽略的日常生活的土地;与托尔斯泰一起,它关注着非理性对人的决定与行为的干预。它探索时间:与马塞尔·普鲁斯特一起,探索无法捉住的过去的时刻;与詹姆斯·乔伊斯一起,探索无法捉住的现在的时刻。它和托马斯·曼一起询问来自时间之底的遥控着我们步伐的神话的作用。等等,等等。[①]

[①] [捷克]米兰·昆德拉:《小说的艺术》,孟湄译,生活·读书·新知三联书店1992年版,第3—4页。

第八章 既女性又社会视角笔触下的婚姻、耻辱感、写作养成

——安妮·埃尔诺的《一个女人的故事》

法国作家安妮·埃尔诺(Annie Ernaux)是2022年的诺贝尔文学奖得主。她生于1940年9月1日,现在已有八十多岁的高龄,但是她在2022年还出版了一本新书:*Le Jeune homme*,意"那个年轻人",可见其创作力依然旺盛。在2023年,法国又出版了一本她与一位同时代的法国女社会学家拉格拉夫(Rose-Marie Lagrave)的谈话录(*Une conversation*)。一生至今出版了约二十余部作品的她,一开始是一名中学教师,后来在法国远程教育中心工作,授课对象主要为大学生。她在2000年,也就是60岁之际退休,这比"90"后之前的中国女性的退休年龄要晚一点。

埃尔诺有一部分较早、较重要的作品早已被翻译为中文,比如1983年写作的《位置》(*La Place*)、1987年写作的《一个女人》(*Une Femme*)等。在2003年,《位置》、《一个女

第八章　既女性又社会视角笔触下的婚姻、耻辱感、写作养成

人》以及《耻辱》(*La Honte*)就被合集为中文版的《一个女人》,由郭玉梅翻译并在百花文艺出版社出版。可见,早在20年前,安妮·埃尔诺就已经被译介到中国了。但是,如果我们不是人民文学出版社的发烧友或者当代法国文学的发烧友,我们可能在她得诺贝尔奖之前并不知道这么一名作家。

说到埃尔诺最有名的作品,或者说她所创作的文学水平相对最高的作品,要属2008年出版的《悠悠岁月》(*Les Années*)。在这部作品中,她是用"她"(elle)这一第三人称来写作的。跟其他的作品略有不同,她别的作品更多是从第一人称出发的。埃尔诺更新的中译作品还有2016年的《一个女孩的记忆》(*Mémoire de fille*)。随着她收获的诺贝尔奖,她也一并收获了新的研究者、翻译者与读者,她的《占据》《年轻男人》《写作是一把刀:与费雷德里克-伊夫·热奈对谈》等都正在被陆续译介到简体中文世界,法国社会科学高等研究院的青年译者栾颖新是这两年译介埃尔诺的有生力量。2023年,《世界文学》期刊还组了一期安妮·埃尔诺的专辑。随后又有中国学者采访埃尔诺并以双作者身份——第一作者是谁很关键——发表在南大核心期刊……这当然是为了表达中国作者的无奈,即便有所不妥那也指

向的是因循守旧的老家伙,与不得不遵循游戏规则的"弱"青年可没关系。当代流行文学的全球化力量令人赞叹,不论我们在此写下任何最新的数据,一个月后这一段预告的将来时也将势必变成了旧闻的过去式。所以我们还是省省用于查阅知网关键词或检索出版社新年许愿单的力气吧!

埃尔诺的名声也是日益提升的,像2008年的《悠悠岁月》就得了多个奖项。她最早的作品问世是在1974年,即当时创作的第一篇虚构小说《空衣橱》(*Les Armoires Vides*),也有中文引介将其翻译为"清空的",后者是照着英译本书名*Cleaned out*翻译的。埃尔诺很快发现自己的写作风格更适合第一人称的和无人称的"私人小说",或者说社会性小说,又或者可以说是"非个人自传"。正如她自己说她乃是一种自传、历史和社会三位一体的写作风格。这一点在她较有名的作品——20世纪80年代出版的《位置》里就已经体现出来了。

1983年的《位置》在出版的第二年就斩获了勒诺多文学奖。法国最有名的文学奖是龚古尔文学奖,而勒诺多文学奖就是用来弥补龚古尔文学奖的。如果评审们觉得当年的龚古尔文学奖在哪里有问题,或者说不周到,甚至评判得不够全面客观,他们就会通过这个勒诺多文学奖(勒诺多是法

第八章　既女性又社会视角笔触下的婚姻、耻辱感、写作养成

国的第一名记者)进行补充,埃尔诺就得到了这么一个奖项。而像2008年出版的《悠悠岁月》,被人民文学出版社翻译过来之后就获得了当年(2010年)的人民文学出版社的21世纪年度最佳外国小说奖。可见人民文学出版社的眼光还是比较准的,也有可能是他们翻译得多。当然,21世纪的另外两名法国诺贝尔文学奖得主——2008年的勒·克莱齐奥和2014年的莫迪亚诺——的作品最早也由人民文学出版社译介并获得了当年的年度最佳外国小说奖,它们分别是2007年中译的《乌拉尼亚》(*Ourania*)与2004年中译的《夜半撞车》(*Accident nocturne*)。虽然这两本书的版权页上写的正式出版年份均为一年后的1月份,早于他俩获得诺贝尔文学奖一年与十年,可见人民文学出版社确实有识书之功底或至少是有识其他奖之功底。

此外,埃尔诺的一些作品还有中国台湾的繁体中文版本。比如她另一部有名的作品《事件》,是在她2000年退休时候出版的。《事件》这一书名原文是 *L'Événement*,就是事件(event)的意思,英文译名为 *Happening*。但是只有中国台湾的译本于2003年出版时其译名为《记忆无非彻底看透的一切》。紧接着2002年的时候还有一部作品,*L'Occupation*,就是"占据"的意思,中国台湾的同一名译者

在2003年将它翻译为《嫉妒所未知的空白》，岂不让《你是那人间的四月天》的编者引为知音？2004年，中国台湾还发行了埃尔诺于2001年创作的《沉沦》(Se perdre)。

虽然翻译得五花八门，但埃尔诺的作品确实很早就已经为全世界众多读者与研究者所青睐。彭莹莹于2016年就在武汉大学出版社出版过研究埃尔诺的专著——《自传契约，社会记忆——解读安妮·埃尔诺的社会自传》。埃尔诺获得诺贝尔文学奖的颁奖词是"她以勇气和手术刀一般的精确，通过个人记忆揭露根源、异化和集体层面的限制"，这个异化就是疏离、隔阂，就是estrangements。这一颁奖词确实是非常精准地把握了安妮·埃尔诺的文学风格。其一是她的自白的勇气，郁达夫式的和日本私小说式的勇气，其二便是clinical acuity，即她的手术刀般精准的剖析。

一、谁是"一个女人"？

回到《一个女人的故事》，与这个版本（上海人民出版社2022年"全新修订版"）相配套的还有两本书：《一个男人的位置》和《一个女孩的记忆》，其实算是一个三合一的主题

第八章 既女性又社会视角笔触下的婚姻、耻辱感、写作养成

了,可是她原来的作品并没有凸显出这一特色。但是这应该不是中译世界导致的,可能英文世界早已促成了对应结果。英文世界最早把她的《位置》翻译成 *A Man's Place*,所以我们看到的书名是《一个男人的位置》;而《一个女人》,英文世界最早把它翻译成 *A Women's Story*,所以它就有了中文译介的一个匹配的名称,估计出版社也是觉得这样更容易被市场接受吧。如果只是把它翻译为"一个女人",或者只是翻译成"位置"的话,确实只有法国人才会读。至于《一个女孩的记忆》,则与前两部作品的写作年代相去甚远,三本书凑成一个系列也不一定是埃尔诺最初的本意。

埃尔诺出生于工薪阶级,同时她是一位女性作家,她为她的性别和族类也当然首先为她的自我而写作。任何人都可以从女性主义叙事学的一个主题角度切入,去思考她母亲的婚姻是否幸福,是否算是她母亲自己的选择,并且过得究竟如何。谁是一个女人,从书里看来这一问题的答案无疑就是在说作者埃尔诺的母亲,可是作者以"一个女人"这样的名称来代替诸如"我的母亲"之类的自指词语,或许也值得我们考虑再三再来选择如何回答。

在《一个女人的故事》中,通过埃尔诺那句"我坚信自己从照片上看出了这位年轻的新娘的幸福和骄傲"可以看出

她母亲结婚的那一刻是欢喜的。紧接着的描述——与锅碗瓢盆打交道,挽着丈夫的臂膀出门等等都意味着她母亲因为结婚开始了新生活。然而值得注意的是,他们婚后的物质生活还是和从前一样,工资也并没有增加。回顾前文,埃尔诺提及"她在努力,尽量避免命运会给她带来的不幸,尤其是贫穷"这个点。那么,她母亲嫁给她父亲真的幸福吗?毕竟他们婚后甚至因为没有自己的菜园而向父母要菜吃。和婚前差不多贫乏的生活会拉低埃尔诺母亲对婚姻的满足感吗?她母亲身处工薪阶层进而产生的这么一种强烈的反抗意识和对实现阶级跨越的渴望,在这段婚姻中如何放置呢?

深挖这个看似没有满足婚姻需求的潜在矛盾点,我们可以发现这似乎只是一种表象的矛盾。在埃尔诺母亲的那个年代(20世纪20年代),"婚姻是生死攸关的问题,是能否改变自己命运的关键"。怎么改变呢?首先不能嫁给一个种地的男人,即农民,即使他很有钱也不行。换言之,在她母亲的眼中,农民只能是一辈子的农民,这意味着阶层固化。而身为工人的埃尔诺的父亲,在她母亲眼中,虽然可以说是贫穷的但是工人阶级——实现了她母亲即使是小小阶层跃升的愿望,更不必说这个工人个子高、长得标致、性格

第八章　既女性又社会视角笔触下的婚姻、耻辱感、写作养成

沉稳开朗、不喝酒，只是一心存钱成家。或许对埃尔诺母亲来说，工人这个身份是 1，其余都是 0；有了 1，后面的一串 0 才有意义，否则再多真金白银也无补于事。甚至就她丈夫家（即埃尔诺父亲）的兄弟姐妹的社会身份，以及他的两个姐姐认为自己的弟弟"应该能娶一个更好的"这些点，都能成为自己母亲骄傲的地方。

从最原初的婚姻核心需求来看，埃尔诺母亲的婚姻是幸福的，尤其从书中那句"母亲曾有一次微笑着红着脸对我说'不少小伙子追求我，想和我成亲，可我只看中了你父亲'。"大致可以判断出她母亲在婚姻上是有选择空间的，是相对自由的，而她又是如此清楚自己要什么。自古以来，一直有人讨论"你会选择你爱的人，还是爱你的人？"抛开埃尔诺父亲是否爱她母亲这一视角，埃尔诺母亲至少是那个勇于选择自己所爱的性情中人，也可以说，她母亲嫁给了爱情（虽然这份爱情也讲阶层，就像莎剧中的许多爱情一样）。在这样的情况下，她母亲在适婚的年龄遇到了她父亲。就像埃尔诺在看她母亲结婚照时坚信母亲作为新娘是幸福的，我们也可以坚信她母亲的这段婚姻的开始不仅是幸福的，甚至可以说是幸运的。

有些现代批评家会指控婚姻本身，比如人们在结婚的

时候，父亲挽着女儿的手把女儿交出去这个仪式，它的诞生或者说它在某些社会中确实象征着一个父权制的交接，是男男间的交易。但是，这在现在还成立吗？在现在的婚礼上，父亲把女儿交出去等于是让女儿从一个家庭走到另一个家庭，不论是父亲带还是母亲带，这一仪式更多代表女儿与父母的一个道别。只是之前一直是因为由父亲挽手，所以成了一套固化的仪式。这一固化的仪式不一定还洋溢着这么多含义，女儿和父亲在走这套形式的时候也不一定——哪怕一时半刻——会想到这么一个仪式所象征的原始意义。（为什么婚前送彩礼或婚后冠夫姓不太受到仪式主义者的批判？）对埃尔诺而言，如果她自己也曾举行过这一挽手仪式，那么至少在《一个女人》这一文本中埃尔诺属于母亲，在结婚仪式中她属于父亲，但在现实中埃尔诺不属于她父母，她的写作和生活或许都属于自己。她的情绪和状态看似常有起伏，但她的理解和反思往往一针见血。

在这段婚姻中，埃尔诺母亲过得怎么样呢？还像刚结婚时那样幸福吗？这就成了一个比较复杂或者说难以直截了当给出答案的问题。婚后的生活虽然物质依旧贫乏，但埃尔诺母亲与她父亲在对生活的愿景和努力的方向上是一致的，他们两个都有发财的梦想，于是最后他们开启了一次

第八章　既女性又社会视角笔触下的婚姻、耻辱感、写作养成

力所能及的冒险：开一家食品店，因为她母亲想继续跨越阶层。和工人结婚是第一步，婚后与丈夫一起奋斗摆脱工人阶级是第二步，将埃尔诺培养成另一个阶层的人则是第三步。

如果说婚姻与爱情不一样，可能是前者的经营很大程度建立在两个人的步调是否一致上，而后者更强调的是一种情感的流通和享受。所以说埃尔诺母亲在婚姻大方向的把握和执行上依旧有主动权且称她自己的心意。那么，"一个女人"指的是叙述者还是被叙述者呢，是被嫁者、被生者、选夫者，还是写作者呢？

二、性与阶层的耻辱感

然而，我们也绝不能忽视埃尔诺的另一部作品《耻辱》中提到的在她十多岁的时候，她父亲要杀了她母亲。这惊恐的一幕似乎很长时间都在埃尔诺心里挥之不去，她总害怕父亲会再次杀了母亲，直到她父亲去世，她悬着的心才放下。不得不提的是，如果在看了《一个女人的故事》和《一个男人的位置》且大致了解了埃尔诺父母的婚姻生活后，再阅

读《耻辱》，那么读者很可能会震惊于《耻辱》中的这个细节。因为从前两本书中，我们感受更多的是她母亲婚姻的"平和、温煦"。尽管世事无常，父母开的小店因为战争等原因开了又关、关了又搬，但是她的父亲给人的感觉总是温温吞吞的、对她母亲言听计从。埃尔诺父母的性格可以说是互补的。以至于我们在得知《耻辱》事件时，震惊程度会不亚于看到某个热搜或爆料。关于她父亲要杀了她母亲这件事，其实在某种程度上进一步体现了埃尔诺描述的下层阶级的生活状态和社会背景。作为下层阶级想要实现阶级跨越无疑是艰苦的，这从她提到父母开店一天都不得闲，以及总是要微笑、情绪稳定地面对顾客可以看出，这是一个对体力和克制力有着双重高要求的活计。而她母亲有时候的"爆脾气"以及各种要求（从她母亲对埃尔诺提出的各种要求可以看出她母亲略显强势的性格）确实可能把她父亲"逼疯了"，逼到她父亲想杀了她母亲。除性格的原因，这或许也是动荡社会下的普通阶级日常生活之艰辛的极端化表现。

　　如果把这个事件放到最富道德激情的当下来看，可能又会在被批判的一切中首当其冲。然而婚姻的经营或者说幸福的能力就在于面对一些意想不到的事情时的应对态度

第八章 既女性又社会视角笔触下的婚姻、耻辱感、写作养成

和方式。显然,埃尔诺的父母后来和好了,好像什么都没发生过一样,继续过原先的日子。我们依旧可以相信她母亲与她父亲是相爱的,他们的婚姻生活是幸福的,也是幸运的,直到最后她父亲比她母亲先走一步。他们在一起的时间里,两个人一直为了发财的梦想而奋斗;后来有了安妮,又一起为了"养女成凤"的梦想努力着。他们就像一股绳,紧紧拧在一起。

《一个女人的故事》中的一些细节也很有意思。比如在物资匮乏的情况下人们容易将物质神化,这点其实跟我们中国的经验相似,或者对身在大多数中下阶层的人来说可谓感同身受。同时,书中提到的关于女儿和母亲之间的关系,也在交织的描写中很妙地体现了出来。埃尔诺的书写既有看似中立的文体,但又有主观情感的迸发,并且她在描述两者之间的冲突的同时还进行着简单的解析或者展示。还有她和母亲在男权视角下对性的抗拒,以及由此导致的她母亲对女儿的近乎苛求等,又一并导致了埃尔诺的耻辱感。我们发现,埃尔诺的做法其实和她母亲完全不同,不知道算不算过分,但埃尔诺绝对算是性经验丰富。她的这种做法和态度反映了她与她母亲的冲突。代际的也好,性别的也好,这几个因素都印刻在她的个人生活上,也进一步活

跃在她的写作中。

纵观埃尔诺的作品,可以看出她的写作确实是文学、历史学和社会学的结合。我们既可以从女性主义的角度,也可以从阶级差异的角度去解读,她无时无刻不处身于关系和差异之中。例如她和丈夫,她和情人,她和父母的关系都体现着如上提到的主题或关系的差异。

埃尔诺书中多有提到下层阶级,她给人的感觉确实很真挚,虽然作为下层阶级的他们讲话声音很响或者会有互相争吵的形式,但在某些方面却比上层阶级更加真实、实在。而在面对上层阶级或者跨越阶级时,埃尔诺递进性地形塑出了阶级差异导致的比如她出身于下层的羞耻感。埃尔诺的母亲也是如此,她必须不断地劳动或者不停地做一些事情,甚至可以说是为了讨好她女儿来亲自洗碗洗衣——而洗衣机与洗碗机让她更加无所适从了——以表示自己(在她和女婿、儿孙面前)还有活着的价值。

相较而言,上层阶级就较少出现这种情况,至少在埃尔诺的描述里面他们会较少关注到这一点。上层阶级有一种心安理得的状态,如埃尔诺的公婆在某种层面上更自然地过着这么一种生活。埃尔诺和她父亲的相处又是一种不一样的方式。如果说她对母亲或者个人的描写着力于性别差

第八章 既女性又社会视角笔触下的婚姻、耻辱感、写作养成

异这一点,那么她在《一个男人的位置》中关于父亲的描写则更多用一种跨性别的(不是美国的那种)或者无性别式的、无人称或者跨人称的笔法,类似关于人性单纯的父亲的白描般的絮语,所以另一部书又是另一番精彩。

在对跨阶级的更多描述中,埃尔诺讲过在小时候,父母带她看书、培育她,而之后母女也在女儿的成功跨越阶层中见证了母亲个人的失败。有一个小点,埃尔诺讲得很入微,就是一开始她讲母亲是怎样看书的,怎样愿意跟着她学习正统的法语的等等,这首先自然见证了母亲正确的教育方式以及对跨阶级的憧憬,还有对女儿的爱等等,是一种多元素的展现。但是值得注意的是,在实现阶层跨越之后,埃尔诺发现原来有文化和想要有文化这两件事之间是有鸿沟的,不是说想要有文化就等于有文化。因为渐渐地,她母亲不再跟得上她阅读与成长的步伐,并随之流露出令读者不忍下定断但实在是很明显的不耐烦、厌倦甚至是愚昧的情绪表达。

我们通过读她不一样的作品,可以不断了解她的心理和社会状态。然而,不可忽视的是,"一个男人"和"一个女人"不一样,《一个女孩的记忆》又有不同而更自然地以第一人称进行的个人叙述。这一点在《事件》中、在《记忆无非彻

底看透的一切》中也很明显。《事件》也被拍成了获得威尼斯电影节金狮奖的电影,即 2021 年由奥黛丽·迪万(Audrey Diwan)导演的《正发生》(*L'Événement*)。这个"事件"讲的是 23 岁时,埃尔诺还在读大学时堕胎的事情。有些女生说不论看这部电影还是看这本书,都会有生理上的一些不适。当然男生也会有很强的不适感,而之所以少听到男生讲观后感,大概是因为男生更逃避阅读类似的主题吧!反过来,这也说明了埃尔诺可以恰当地通过文字或者说恰恰是通过文字,更好地描述一个女孩 23 岁堕胎时的各种想法与感受。

随着年龄和阅历的成长,埃尔诺不断地刷新这样那样的一些感触性描述,或表达一些很细的与之前生活阶段有所变化的评判或判断。她的一句话,不经意就会成为金句。这也挺符合埃尔诺的风格,我们知道哪怕是她比较厚的作品《悠悠岁月》,也是由很多的小段落组成的。当然她也不乏长句,但更多的是一些较短的句子组成的较短的段落,这和普鲁斯特是完全相反的。

埃尔诺个人自传的撰写方式和卢梭自传(《忏悔录》与《一个孤独漫步者的遐想》)有同也有异。埃尔诺称之为小说的文字大体是非虚构的,而卢梭称之为事实的内容有时

第八章　既女性又社会视角笔触下的婚姻、耻辱感、写作养成

是想象的。真是绝配呀！埃尔诺在诺贝尔奖的获奖感言中,讲到了她的阅读习惯就是碰到什么读什么,而不是由哪一种规定决定她的阅读内容,这与卢梭的气质颇为吻和。像卢梭等,特别是一些法国作家,构成了埃尔诺身体里的一部分。比如2002年她写的《占据》,讲的是她和情人之间的故事,中国台湾的译名为《嫉妒所未知的空白》,书如其名地体现了"嫉妒"这种具体化的感受。书中还展现了"嫉妒"导致她什么都做不了的情景,包括外部发生的如当时爆发的各种战争,或某某重要人物被刺杀等等,她对这些也都无动于衷了。而她的这种无动于衷在互文性中可知是经常发生的,堕胎的时候发生过,嫉妒占据内心的时候也发生过。个人式的精神状态导致她对外部社会重大现象的暂时的忽视,这是非常实际的,一种真正的、不虚的个人情感体验。正如你可以怀疑海德格尔的人品和思想,但不能怀疑他的智商和功底。类似的,你可以怀疑埃尔诺的性格和水平,但不能怀疑她的真挚和勇气。而这种个人情感体验又不单是个人式的,更是集体式的。所以在获奖感言中,她说:"我得了诺贝尔奖,不能说是个人的成功,而是某一集体的成功。"我想这个她所谓的集体:一方面是指她的工薪阶层——她父母和他们代表的农民也好,工人也罢,做小生意的人也算

在这个阶层;另一方面很好地体现出她的性别与她的气质等所代表的一种写作方式。

当然,我们也不能把性别或者阶层过度放大。袁筱一就认为埃尔诺的有关性别和性的写作跟杜拉斯的对个人的写作是完全相反的写作模式。而埃尔诺在拿到诺贝尔奖后也谈到,她觉得她最像法国得了诺贝尔奖的作家中的加缪。她说她最像加缪,应该不止是因为加缪长得太帅,还在于她觉得加缪赠予了她对疏离感的描述等等。这应当也是跨性别的写作能力。

三、在悠悠的岁月中养成写作

埃尔诺是 21 世纪第一位获得诺贝尔文学奖的法国女作家。在她之前获得该奖的女作家也有很多,来自英国、美国和加拿大等国的作家占比应为最大。如今,埃尔诺的作品被翻译了不少,影响力也不小,并且法语文学在世界文学上的重要地位也导致了她能够更自然地被更多读者所接受,这也是她的幸运。埃尔诺在得了诺贝尔奖以后,据大数据统计,如《悠悠岁月》就在国内有些平台的搜索率一下子

第八章 既女性又社会视角笔触下的婚姻、耻辱感、写作养成

飙升到平时的 200 倍,销售额达到了平时的 300 倍。也就是说,平时每天卖一本的话,得诺贝尔奖后每天就能卖 300 本。她获得的诺贝尔文学奖奖金是 1 000 万克朗,折合约 97 万美元。

前两年有一部比较有名的电影——韦斯·安德森(Wes Anderson)导演的《法兰西特派》(*The French Dispatch*),这是专业电影人的天堂节和普通观众的灾难片。我从中提炼了三个主题,也是我概括的法兰西三大"忽悠",就是艺术、美食和革命。其实法兰西有第四个"忽悠":性爱,这四个加起来构成了完整的法兰西四大"土特产"。虽然如前所言,埃尔诺的非个人自传不同于卢梭,比如说她没有一直在谈论自我,而卢梭更喜欢谈论自己。但是埃尔诺在其他的方面还是很像卢梭的,不论是谈论性也好,还是谈论社会的一些问题也好,她还是给人一种法国作家一路质疑卢梭、嘲笑卢梭、理解卢梭、成为卢梭的文艺感,当然她比卢梭更加克制,这也是她比较难得之处。埃尔诺的一大写作特色就是包含亲密接触或者亲身体验,也有鉴于此,她的写作风格兴许激发着一种较高的可模仿性。也就是说,如果要尝试写作的话,埃尔诺的文风乃至写作形式或许皆是可模仿和学习的。因为哪怕通过她作品的译本,也可以看到她的文

风是较为平淡的,做个不恰当的比喻,这令人想起陶渊明诗歌的风格。文笔虽然很平淡,却又是可以不断咀嚼的文字,信乃"豪华落尽见真淳"。她能够写到这份上,也端赖很多缘故,比如她对写作的背景即内容和人物的深刻把握,还有就是她的写作与时间、遗忘和记忆有关系。例如,她显然保持着几乎常年写日记的习惯。她等到1974年,即34岁才开始写作。创作更有个人文风的《位置》之时,她已43岁了。由此可见,写作在任何时间出发都是可以的,只要能保持两点跟书有关的以及两点跟书没关的习惯即可:有关的一点是记日记,另一点是读书;无关的两点就是体验和观察。

这一点其实也映照了一个作家的炼成。我们看到了埃尔诺的18岁,在她还没有读大学的时候,她(在《一个女孩的记忆》里面讲过)就做了一些比较"浪"的事,这不是贬义词,仅仅是描述而已,她有一些极为"青春硬起来"的做法。直到后来她也有很多行为举止,适配着她关于个人生活的一个非乖学生式的自恃。她也读文学本科,但如果她读文学本科的方向在于每天争取高学分或得优秀奖的话,她不会成为一个优秀的作家,只可能成为有另一种生活方式的另一个阶层的人。包括她在获奖感言里也讲过,她碰到什

第八章　既女性又社会视角笔触下的婚姻、耻辱感、写作养成

么读什么,比如读《堂吉诃德》、福楼拜、普鲁斯特等等,这样的阅读和她的生活观察才是属她的学习方式。

在《一个女孩的记忆》里,她说她当时对自己的描述或者对自己的感想(16—18岁),与之后写《一个女孩的记忆》相比(56岁),四十年前后的感与想是大相径庭的。她说自己彼时还没有读波伏娃,没有读伍尔夫等等。这切实地阐明,阅读对一名作家真正的养成以及某些书——正是作家必读书——阅读前和阅读后体现出的差异的重要性。经典阅读的作用或某位作家的影响有可能是被夸大的,但在埃尔诺身上这绝不算夸大其词。

此外,埃尔诺自己提到她的写作的成功,她的写作的推广和传播,她受到大众的认可等等,她认为这就是政治,就是现实的一种介入。可能也正是在这一点上,她认为自己的写作最像加缪。她的创作既是文学的,也是现实政治的。当然,埃尔诺既可以是很政治的,也可以是纯个人的;她既可以是第二性的,也可以是他人地狱性的,还可以是局外人性的。

《悠悠岁月》可以算是另一种形式的史诗,而《一个女人的故事》这部作品很难说是任何形式上的史诗,更像是故事与历史交错的奏鸣。书中不断体现母女关系,她们的交流

涉及很多，比如埃尔诺提到的很多歌曲、很多杂志、很多事件等等。由于时空相去较远，我们很难全盘理解背后的语境，但是就像埃尔诺自己说的，在世界上任何一个地方，她都知道母亲和女儿交流的那一种形式，这种形式在任何地方用任何语言都能立刻令她觉知这就是独一份的母与女的交流。埃尔诺的这一判断与断言确实非常精到。

《一个女人的故事》里还有许多细节也很况味。比如其中的一个细节，1968年5月政治风暴的时候，学生们纷纷去砸馥颂（Fauchon，法国顶级甜品店）。埃尔诺母亲也是开杂货铺和咖啡店的，于是身为下层相关行业店商的她母亲，站在馥颂的立场上触碰到另一种声音，对学生运动产生了强烈的反感，这就两面性地生发出了下层阶级亲身性的体验。如果感觉某一事件和自己紧密相关，那么一个人就可能会有很激烈的反应（像是张艺谋导演的姜文式电影《有话好好说》的结尾）。馥颂最后还是保存了下来，直到疫情的时候百年老店才迎来其最终的倒闭。其他细节包括偶尔涉及姨妈终日喝酒的故事（平时说话如酒蒙子）等等，颇多有趣之处。

又像是在花店里，埃尔诺想为母亲带去白色百合花，花店老板权威般站出来说什么花象征了什么，提到百合花可

第八章　既女性又社会视角笔触下的婚姻、耻辱感、写作养成

能并不适合这一时刻。可任何象征也不能取代我们的一种原始的喜爱,即便不知道某花象征着什么,但是看到某花喜欢,就不能种或不能买吗？更何况埃尔诺的母亲最后就像是变成了一个小女孩,所以她最终买白百合(寓意是该送给小姑娘的)也是很有可能的。而埃尔诺最后也没有写完、写全她买了与否,这也是她有意无意的一种文学笔调吧。这番处理除了令读者不知道买还是没买进而产生悬念之外,也可映衬作品开头先提母亲去世(包括看花)随即再回溯到过去的整体氛围。再如《一个男人的位置》里的嘲讽,比如母亲对女婿的嘲讽,或者埃尔诺自己的一些嘲弄,可以看到作家还会拨弄或嘲或讽的笔调,但是又不至于太刻薄,对照着张爱玲加入了百分之九十九的溶剂作为稀释,这也是埃尔诺独特文风的溶质。

最后提一下埃尔诺母亲的老年时期。从埃尔诺还没出生,到埃尔诺想要成为母亲这样一个典型的成年女性的形象,再到最后她的母亲老了,母亲又"变成"女孩了(她得了很严重的病),埃尔诺的文字是跨越时间、充满厚度的叙述。我们也需要一定的阅历,需要对人生的一些感悟,才能更深刻地知道她的这一厚度,或者更切身地体验这一事情本身吧。

在笔者的家乡，有这么一个说法："老小"，人越老越小。何况埃尔诺母亲还得了阿尔茨海默病。在埃尔诺父亲去世后，母亲一开始和她住一起，后来自己住在一个公寓里面，这当然是母亲的自我选择。但这是不是在一定程度上导致了母亲天天不是看电视，就是等吃饭，促使了她母亲更快地走向了这一病症？结局当然不是女儿主观导致的，不应也不可能归咎于埃尔诺或任何一人。只能说，年纪大了，还是需要注意两点：一是要有自己的兴趣爱好（但不能是看电视或玩手机之类的）；另一点是必须多跟人交流，不然老人很容易老得太快。母亲变成了一个女孩，埃尔诺写下了母亲就像是她生育了她的母亲，而"一个女人"只剩下用来指代埃尔诺了。

第九章　明格尔的玫瑰与利维坦

——奥尔罕·帕慕克的《瘟疫之夜》

临行前,哈蒂杰和这位她最爱的妹妹道别时曾说:"亲爱的妹妹,你就要去中国,去遥远的童话国度了,谁知道你会经历什么!答应我,你一定要把你的所见所闻写信告诉我!"

土耳其作家帕慕克(Ferit Orhan Pamuk)实属当代人气颇高的严肃小说家。他出生于1952年6月7日,在2006年获得诺贝尔文学奖,时年54岁,算得上是相对年轻的诺贝尔奖得主了。历史上最年轻的诺贝尔奖得主之一是44岁的加缪,但大部分获诺贝尔奖的作家的年龄在55岁以上,譬如59岁的萨特,57岁的莫言,55岁的马尔克斯,82岁的艾尔诺,而2023年得诺贝尔奖的约恩·福瑟当时是64岁。此外,帕慕克还是土耳其历史上第一位获此殊荣的作家。

如今帕慕克已过从心之年,然而他充分打破了诺贝尔奖魔咒:"死人之吻"(获奖后产出不了高水平的作品,或者停产"宕机"),甚至做到了老当益壮、高能高产。比如2006年后,他又相继出版了《纯真博物馆》《天真的和感伤的小说家》《我脑袋里的怪东西》《红发女人》,另外还有在2012年向公众开放的、根据《纯真博物馆》改造而成的实体博物馆的附录《纯真物件》。

1996年出版的《新人生》,已经成了帕慕克在世界范围内极畅销的作品。他最知名的作品《我的名字叫红》也可谓举足轻重。《雪》则是帕慕克本人最喜爱的一部作品,也是他声称的唯一一部政治小说。他的其余小说虽也涉及政治,但非严格意义上的政治小说。帕慕克在2004年出版了自传《伊斯坦布尔:一座城市的记忆》,该书于2007年被翻译成汉语在中国出版。此外,他的哈佛大学诺顿演讲合集也被出版,即《天真的和感伤的小说家》。该书书名明显模仿自当年歌德密友席勒的名文《天真的诗与感伤的诗》,可见帕慕克非常青睐西方文学及其传统。结合帕慕克的土耳其人身份与土耳其的特殊地缘位置——东西方文明交汇点——来看,他的小说充溢着人文气象,亦具比较文学的含义与意味。

帕慕克创作小说的年限都比较久,如《瘟疫之夜》他创

第九章　明格尔的玫瑰与利维坦

作了 4 年,于 2021 年发表并出版,在 2022 年被翻译为中文。他的处女作《杰夫德特和他的儿子们》创作于 22 岁,在 1979 年完成,又在 3 年后即帕慕克 30 岁时才得到出版。《杰夫德特和他的儿子们》一经出版便得到了文学界的反响——获《土耳其日报》小说首奖。该作品也标志着帕慕克小说生涯的真正起步。在此之前,他先主修过建筑专业,后又辍学前往伊斯坦布尔大学主修新闻学专业来佐以文学创作,之后为避开服兵役又攻读了硕士。

一、一幅玫瑰色为调、利维坦为隐的明格尔画作

帕慕克另怀一门手艺——绘画。《瘟疫之夜》的封面和书内含有的地图均为他本人手绘,这并不是他一时兴起或者出于某种外在需要而画,而是出于对绘画纯粹的热爱。写作与绘画,对帕慕克来说正如手心和手背,尽管在 20 岁出头时他便已弃画从文。换言之,他确信以文学作为志业、天职。关于这点,帕慕克在《天真的和感伤的小说家》中有所说明:

当我二十三岁的时候,正是在那个时期,我放弃了从七岁起就憧憬的成为一名画家的梦想,我开始写作小说。对我来说,这个决定有关快乐的状态。我在童年绘画的时候是非常快乐的——但是突然之间,说不上什么原因,这种快乐消失了。接下来的三十五年,我写作小说,同时也不断思考,总认为自己在绘画方面有更杰出、更自然的禀赋。但是不知道由于什么原因,这时候我希望用词语绘画。

帕慕克并没有彻底放弃绘画,反而将画画这门手艺融进了小说创作中,他接着说:

以下是我最坚定的观点之一:小说本质上是图画性的(visual)文学虚构。

······

所谓"用词语绘画",我的意思是通过词语的使用在读者的意识中激发出一个清晰鲜明的意象。

······

每当谈论词语和意象之间或文学与绘画之间的亲缘关系,人们通常会引用贺拉斯《诗艺》中"诗歌就像图画"(Ut pictura poesis)的名言。我还喜欢这句陈述之

第九章　明格尔的玫瑰与利维坦

后的那些不太知名的言论（贺拉斯说的这些话出人意料,他甚至宣称荷马也可能创作低级的诗行）,因为这些话让我想到看一幅风景画与阅读一部小说非常相似。这一段话是:"诗歌就像图画:有的要近看才能看出它的美,有的要远看,有的放在暗处看最好,有的应放在明处看,不怕鉴赏家敏锐的挑剔,有的只能看一遍,有的看十遍也不厌。"①

《瘟疫之夜》是一部当代土耳其长篇小说,帕慕克运用了悬念与浪漫并重的、19世纪以降的现实主义小说手法。这也是不少作家钟爱的一种写法。虽然帕慕克经过了20世纪现代主义和后现代主义等各种文学形式的洗礼,他本人也博采众长,但从这部小说可以看出他最爱的依旧是19世纪的西方小说传统。譬如《瘟疫之夜》的序言伊始写道:"这既是一部历史小说,也是一部以小说形式书写的历史。这个故事不但讲述了'东地中海明珠'明格尔岛历史上最惊心动魄的六个月,而且还融入了我最痴迷的一段土耳其历史。"②序言

---

① [土耳其]奥尔罕·帕慕克:《天真的和感伤的小说家》,彭发胜译,上海人民出版社2012年版,第108—109、86—87、89页。
② [土耳其]奥尔罕·帕慕克:《瘟疫之夜》,龚颖元译,上海人民出版社2022年版,第1页。

落款——"米娜·明格尔丽,伊斯坦布尔,2017年"。该序言的每一段第一句几乎都煞有介事地交代了该书"作者"米娜·明格尔丽(而非帕慕克)的种种写书初衷,读者重读序言时若是再上帕慕克的当(没有意识到序言本身已属小说正文),也不足为奇。

诚如米娜·明格尔丽所言,《瘟疫之夜》确实"是"一部历史小说,但奈何明格尔丽这名作者是由另一名作者"制造"而出的。它借鉴了诸多历史的与当下的素材,我们甚至可以如此设想——帕慕克在创作该小说时,巧妙地将当下即疫情时期发生的诸多重要事件及其"随风潜入夜"的影响化用到了其中。换言之,读者如果在读《瘟疫之夜》时仿如读史,并又能于咂摸中跳出帕慕克编织的虚构之网,明格尔岛的历史将如该书封面的画卷那样铺陈开来,恰也表征了每位读者当下正在经历的历史。

小说第6章"桃树开了花,空气中弥漫着玫瑰让人陶醉的芬芳……帕夏眺望着这呈现大片粉色、黄色、橙色的城市风景……";第10章"平静如水的海面倒映着众多粉色、白色和少许橙黄色的房子,树木的绿色也有众多丰富层次,城堡的圆锥塔楼、教堂和清真寺的铅色穹顶都熠熠生辉……";瘟疫肆虐的第65章"海湾上那一束蓝色、粉色和白色交织的

第九章 明格尔的玫瑰与利维坦

光芒看起来无比美丽……"[1]这三章所描绘的画面,均凝结成了《瘟疫之夜》粉色基调为主的封面的一部分。此外,结合帕慕克其余作品来看,他的确尤其喜好用颜色写作。譬如,他的《白色城堡》《黑书》《我的名字叫红》和《雪》,书名本身就给人强烈的色彩感。然而,这并不代表帕慕克继承了土耳其的绘画传统,如细密画,而是他意识到了如何在文学中呈现自己的特色——视觉型作家。这点在《瘟疫之夜》中也十分显著,他创建了一个全新的、图谱性的、强空间感和时间感的世界。结合封面和随书附带的纸质地图,读者在进入文本之前便可拥有"按图索骥"的视觉构想。

在运用了透视法的封面图画中,底部正中处坐落着一栋很是显著的房屋,其二楼窗口有一名用黑白线条勾勒而成的男性,他探出半个身子,左手举杖、右手举剑。该人物来自霍布斯《利维坦》原版的扉页,此人正是从物理学一路历险到政治神学的"利维坦纪"中凝结而成的、独一无二的思想形象。了解霍布斯和《利维坦》的读者清楚早期现代的"利维坦"意味着什么:王权和教权、自然权利观、古代世界走向现代社会、现代自由和民主政治、社会契约论的产

---

[1] [土耳其]奥尔罕·帕慕克:《瘟疫之夜》,第444页。

生……在直观了这一符号之后,在正式开始阅读小说之前,我们若有所思——帕慕克想隐晦又明示地表达什么,帕慕克也仿佛知道会有读者玩味这种"文本"。此刻便滋生了一块作者与读者之间心照不宣的默契与黑话的场域。这表明帕慕克再次承袭了"迫害与写作艺术"的危险传统,实践着"我要写是因为我想让全世界都知道我们伊斯坦布尔人、我们土耳其人过去和现在过的是什么日子"[①]。用虚构讲真话这样的危险试探,在一次次创作中逐渐沉淀为帕慕克富有良知的又一作家特色,也愈饱和使命召唤的色彩。读者明白《瘟疫之夜》中的明格尔岛实际上并不存在,但该岛与奥斯曼帝国、明格尔共和国还有新的土耳其共和国之间虚实深度交叉、真假难辨的充足多元关系,都接续了帕慕克对现实世界中敏感情况的大量借鉴与运用,这无疑又是他一次大胆的"不可为之而为之"。他在该小说中对伊斯坦布尔政权和伊斯坦布尔城市的又爱又恨,以及他对秉持帝国主义和封建主义的阿卜杜勒·哈米德政权的认知与拆解,都让土耳其的政治保守派与激进的穆斯林团体非常不适。这种不适又因为帕慕克作品的文学性及其影响力比现实

---

① 引自帕慕克 2006 年诺贝尔文学奖受奖演讲。

第九章 明格尔的玫瑰与利维坦

的、历史的、纪实的、新闻的内容更能被深化,甚至能被激化为民族仇恨。这也恰恰使《瘟疫之夜》的意蕴远超新闻本身。帕慕克曾经从事过新闻行业,海明威和马尔克斯也是,而他们最高的成就都是长篇小说。马尔克斯是魔幻现实主义大师,帕慕克则在21世纪愈加回到了"更古典的"、情感时代的现实主义小说谱系之中。在长篇小说里,他们都充分将自己的独特洞见和现实元素化成了虚构,使不同文化环境下的读者更容易贴近与了解陌生的境况,借虚构这面镜子,照出比现实更现实、更深远的真相。

不妨试着走进第23章的那句Akva nukaru——"水在那边"!这是一句地道的明格尔岛方言,它的出现十分鲜活、出人意料,也在瞬间推远了读者与该文本的距离,但无疑以爱情暗号的性质无限拉近了卡米尔和泽伊内普,因为"她用明格尔语说的那两个词完全是未经准备,脱口而出的"[①]。米娜·明格尔丽在记录这一段时也许心里会想着:"他们猜,随便猜,不重要,连上彼此的讯号,才有个依靠。"接着,帕慕克进一步做了相关补充:"实际上1901年的明格尔语还不够成熟,不足以表达诸如'我们本可以更早见到彼

---

① [土耳其]奥尔罕·帕慕克:《瘟疫之夜》,第169页。

此!'或是'让我们用童年时代的语言重新给万物命名吧!'这样复杂且深刻的句子。"[1]其实明格尔语(以下简称明语)首次被提及是在小说第10章:"不多久,他们的身边就聚集起说希腊语、法语、土耳其语、阿拉伯语和明格尔语的人。"[2]随后在小说的各个章节及后序中也均有出现。然而Akva nukaru是该小说第一次出现也是唯一一次出现的具体形态的明语。这是非常睿智、谨慎的一种做法,它既保留了明语的神秘感,又不至于喧宾夺主,更巧妙地避开了构建不存在的语言的难度。而仅由两个单词组成的Akva nukaru完全不失举重若轻的效果,见第63章:

> 不久,《新岛屿报》和《时政要闻报》刊登了这篇"采访"。文章写道,统帅和妻子泽伊内普从小就互相认识。(尽管两人相差十四岁。)泽伊内普是个聪慧、有个性的女孩。她不顾老师的反对,在学校里和朋友们说明格尔语。从那时候起,他们二人就有了精神联系。每当一方想说明格尔语的时候,就会去找另一方。他们两人使用这门古老语言时,他们灵魂的众多色彩就

---

[1] [土耳其]奥尔罕·帕慕克:《瘟疫之夜》,第169页。
[2] 同上书,第82页。

第九章　明格尔的玫瑰与利维坦

会呈现出神秘的诗意。正是在泽伊内普甜美的面容上,统帅开始感受到了明格尔语的优雅。也是从那以后,统帅就在思考如何拯救这门语言,让其免受法语、希腊语、阿拉伯语和土耳其语的侵蚀。

如今,这篇文章成为了每个明格尔人都会背诵的经典,我们认为它是对明格尔民族主义和革命最具诗意的表达,来自革命的中心人物——卡米尔。

"文章还阐述了明格尔语里'水'这个词在发音上与'上帝'和'自我'这两个词的相似性,以及事物与其意义之间的神秘联系。"①

当然赋予明语中"水"这个字最高价值的要数第23章末尾提到的"'Akva'(水)是明格尔语中最古老、最动人的词汇,而这个词也是从明格尔语传播到西方语言,特别是拉丁语中的"②。帕慕克的言外之意是拉丁语中的"水"(aqua)一字源起于明语的Akva,更不必说诸如海王(Aquaman)这样的衍生词(这个词体现了英语中富含的拉丁语矿物质)。如果帕慕克写明语源自拉丁语,则不足以彰显前者的古老性,

---

① [土耳其]奥尔罕·帕慕克:《瘟疫之夜》,第436—437页。
② 同上书,第163页。

而他写到部分拉丁语的传统来自明语则反映了帕慕克试图在《瘟疫之夜》中塑造的文化自信以及虚构的真实性和自我指涉性,因为西方文明的语言之珠为拉丁语。其实帕慕克在小说开始的序中早埋下伏笔:

> 每本关于东方世界和东地中海历史的书都会在序言中提及音译方面的问题,而且都专门说明了当地古老的字母对应的拉丁字母。我很庆幸我不需要再写一本如此枯燥无味的东西。明格尔的书面语和口语是无法和任何语言形式对应的![1]

帕慕克具有充分的政治智慧,他清楚自己的责任不在于真的创造一种全新的语言,而是编织并传递一种"新的"民族主义价值观——不是只有为政权或意识形态服务的人才叫民族主义者,像卡米尔那样为了弘扬地方的语言,为了突显民族的身份,为了赓续明格尔岛的文化之士,也可以是民族主义者。这点从小说第54章中也可管窥一二:"无论如何,为了大力推广明格尔语,未来希腊语也会像土耳其语那样渐渐退居边缘,这无疑满足了民族主义者对语言的设想。"[2]需

---

[1] [土耳其] 奥尔罕·帕慕克:《瘟疫之夜》,第6页。
[2] 同上书,第375页。

第九章 明格尔的玫瑰与利维坦

要注意的是,帕慕克只是克制地对此一笔带过,并没有进行集中描写,他把玩点到为止的火候,就像武侠小说家了知如何让大宗师催动拈花指,得体而不浮夸,"迦叶一笑"、形外成内。他深谙明格尔民族内部的融洽与兴盛将源发于人民对古老的明语的基本运用,并且,在以明语作为官方语言的同时需要佐以对土耳其语和希腊语的一定程度上的肯定与应用。唯有如此,明格尔特色的"民族国家"才有走向现代化的可能。帕慕克本人便如此身体力行着,他虽然精通英语,但始终用民族语言土耳其语进行写作,包括这部《瘟疫之夜》。

在《瘟疫之夜》的语境里,读者会时不时"被迫"进入玫瑰的柔美、明媚、诗意与瘟疫的残酷、晦暗、艰涩之间不断的碰撞中,例如上文提到过的第 6 章内容,前半节还是"桃树开了花,空气中弥漫着玫瑰让人陶醉的芬芳……",后半节紧接着就是"帕夏眺望着这呈现大片粉色、黄色、橙色的城市风景,一想到眼前这美妙的生活画卷即将消失,他就感到了一种强烈的负罪感"。[1] 因为"邦科夫斯基帕夏在伊兹密尔的时候目睹了很多相同症状的患者,疾病不但让人变得呆滞,而且最具有摧毁力量的是让人丧失说话的能力或变

---

[1] [土耳其]奥尔罕·帕慕克:《瘟疫之夜》,第 43 页。

得口吃。变成这样的患者大部分很快就会死去,只有极少数人可以活下来"①。这是位于明格尔岛中部圣特里阿达居民区的疫情图景。又如在第 10 章中穿插描绘明格尔岛的玫瑰色美景后,帕慕克又在该章结尾直叙,"寂静的街道、小巧的物件和瘟疫带来的恐惧感混杂在一起,给这个城市增添了超脱现实的童话色彩"②。另外,此章中还先后两次出现疫情概述——"在'阿齐兹耶'号左侧,即港口的西面有一些破败的码头、废墟、海关的新大楼和它的旧址,还有一些穷人的公寓和残垣断壁的房屋,努里把他看到的这些都记在了脑子里,因为这一片区域很可能成为瘟疫的密集传播区。""努里知道,这座城市即将变成一个疾病肆虐的灾难之地,但此刻这个秘密只能藏在心里。"③从第 6 章具体的疫情区特写到第 10 章的疫情概括性展现,帕慕克煞费心计地邀请读者在他的"指示"下漫游着自己悉心建构的孤岛。这是一座具有乌托邦式迷人气质与符合想象的和美之岛屿:

夫妻二人饶有兴致地从车窗向外望去,映入他们眼

---

① [土耳其]奥尔罕·帕慕克:《瘟疫之夜》,第 43 页。
② 同上书,第 83 页。
③ 同上书,第 78、83 页。

第九章 明格尔的玫瑰与利维坦

帘的是伊斯坦布尔大道上欧洲风格的建筑、旅馆、小餐馆、旅行社和百货商店。大道东侧是各式各样的商铺,有卖布料的、做服装生意的,还有鞋店、饰品店、书店(麦迪特书店是明格尔岛上唯一的书店,书店里有希腊语、法语、土耳其语书籍),还有的店铺专卖从伊兹密尔和萨洛尼卡运来的餐具、家具和布料。店主们把五颜六色的条纹遮阳篷都拉到底了,以免橱窗里的商品被阳光直射。这些花园被棕榈树、松树、柠檬树和椴树环绕,它们如此阔大,其中花草品种如此丰富多样,让努里夫妇目瞪口呆。蓝色、粉色、紫色的玫瑰的香气让二人头晕目眩。马车先是一路蜿蜒向上穿过岩石堆,而后沿着小溪下行,来到通往城市寂静无声之地的、充满神秘感的狭长楼梯小道。道路两侧是有单个宣礼塔的清真寺,规模不大的教堂,由几块石头简易搭成的、满墙爬山虎的木头房子,哥特式窗户的威尼斯风格建筑,红砖砌成的拜占庭式拱门。这一切都让夫妻二人着迷。靠着门廊或者挨着窗边,看着来往的人群、昏昏欲睡的老人和安详的猫,帕克泽和努里感到这个地方比他们想象中的中国亲切熟悉得多。[1]

---

[1] [土耳其]奥尔罕·帕慕克:《瘟疫之夜》,第83页。

对比土耳其著名导演锡兰（Nuri Bilge Ceylan）电影中对土耳其（伊斯坦布尔除外，虽然锡兰生于伊斯坦布尔）视觉化人文景观的一二感知——荒凉、单调甚至有人迹罕至的清冷感，可见与明格尔岛大相径庭。虽然锡兰的取景摄制自有锡兰的想象投射。帕慕克这段描述无疑承载了他的一种具有补偿性质的美妙构想，从中我们也无法忽视他对西欧建筑的款识，以及他身上留有的西方文化游离的踪迹。然而，通读整本小说可以看出他并没有倾向于彻底西化的或者西方列强如英式、法式、意大利式的生活；当然，他也没有着眼于只过奥斯曼帝国内保守的传统的土耳其生活。帕慕克试图在两者的交界点寻找更好的生活方式、民族记忆，以及一种更好的可能的政治形态。我们也可以看到土耳其对中国有着正如中国对土耳其那样的浪漫想象，对于阅读外国文学的中国读者来说，帕慕克作为中东作家所不得不散发的颇浓的异域风情，就类似于这类想象的质地。

值得一提的是，在真正"进入"明格尔岛后，明格尔岛美景与瘟疫之下的恐怖氛围既成主线又似副线。帕慕克试图使层次丰富而复杂，但又不像香水在前调结束后紧跟中调、后调那样有序传接，而是凸显混杂在一起的立体感，这一点

第九章 明格尔的玫瑰与利维坦

依旧可以参考第 10 章：

> 因隔离政策实施不力，岛上爆发了轰动一时的"朝圣船"叛乱，阿卜杜勒·哈米德从大马士革调派了两队士兵增援岛上的驻防军队，不过这些士兵根本不懂土耳其语。
>
> ……
>
> 很多年来，明格尔岛和首府阿尔卡兹城一直都祥和安宁，但是近两年来，冲突、谋杀和不祥之事在此地频频发生，最近的瘟疫传闻更是令本就动荡不安的气氛越发紧张。
>
> ……
>
> 七年前，也就是 1894 年，在血腥镇压亚美尼亚起义和匪帮期间，阿卜杜勒·哈米德拨了一笔专款用于修建这座两层楼的总督府办公楼。①

这种政史地的立体感像极了关于生活的真相——不会完全是甜的，也不全是苦的，五味杂陈才是接近真理般的常态存在。在最初接触时，景、物、人、事容易带来美好的总体

---

① [土耳其] 奥尔罕·帕慕克：《瘟疫之夜》，第 81—82、84 页。

印象，这种美好在后来也并非真正消失，但会相对被其余杂味所冲淡，直到体会者深入了解全貌后，才有彻底重新开始审视、适应甚至欣赏的可能。这就是帕慕克在《天真的和感伤的小说家》第 1 章中坚信的"小说艺术依赖于我们可以同时相信两种矛盾状态的能力"，他又深知小说虽为虚构，"可是如果一部小说不能延续真实生活的幻象，我们就会感到不安和烦躁"。所以他在帕克泽公主和她的丈夫努里驶进岛屿的那一刻便道出明格尔岛的实际情况，一种打破天真的现实感潜入了原本仅为观景之人的心头——此际的明格尔岛再美也极有可能和邻近的克里特岛一样："穆斯林和基督徒发生冲突，最后外国势力以解决冲突为由瓜分了本属于奥斯曼帝国的克里特岛"。情况甚至会更混乱，因为瘟疫正在蔓延。先前沉浸在明格尔岛玫瑰色之中的读者，既希望它永远拥有无忧无虑的天真，又被真实性所牵引，不由得感伤了起来。以下景观也构成了真实性的一部分——明格尔岛西部的卡迪雷尔区是贫民区，而东部的单特拉区为富人区，像北部的阿尔帕拉区，还有开国元首卡米尔的故乡图伦茨拉高地区则是民族主义最昌盛的地方。同时，不少岛民实则为外邦人，在很久以前从岛外迁徙到明格尔岛，慢慢在岛上建立起了各自的族群，因此会出现第 10 章中"不多

第九章 明格尔的玫瑰与利维坦

久,他们的身边就聚集起说希腊语、法语、土耳其语、阿拉伯语和明格尔语的人"①的情况。这既十分符合托马斯·莫尔的《乌托邦》中乌托邦人身份的溯源,也符合《桃花源记》中父老乡亲的渊源。帕慕克从人类学开始,一直探索到民族或者国家现代化的发展历程,将史料中挖掘出的迁徙规律充分融到文学创作中,可见其所下的功夫之深。而在明格尔岛的演变过程中,基督徒和穆斯林成了岛上的两大主要阵营,一些不可调和的矛盾也总是在两个团体观念不和或利益起冲突时大肆浮现。关于这点,帕慕克其实在第4章就有所预示,只是读者初看时还会以为不过浏览了一段平平无奇的新闻体记录:

> 1901年,奥斯曼帝国的广阔疆域内仅有1900万人口,其中500万人是非穆斯林。非穆斯林群体虽然缴纳了更多的税费,但是由于被视为二等公民,因此他们希望得到"正义""平等"和"改革",并寻求西方国家的保护。在北边,与奥斯曼帝国常年交战的俄罗斯有7000万人口,和奥斯曼帝国建立了友好关系的德国有将近5500万人口。以英国为代表的欧洲国家,其经

---

① [土耳其] 奥尔罕·帕慕克:《瘟疫之夜》,第82页。

济体量是还处于原始水平的奥斯曼帝国的 25 倍。与生活在非权力核心地区的希腊人和亚美尼亚人组成的商贸阶层相比,承担帝国行政和军事负荷的穆斯林群体越来越弱。希腊人和亚美尼亚人构成的非穆斯林群体上升为帝国的新兴资产阶级,他们对自由主义的诉求无法得到其所在的偏远地区管理者的回应。而当这些希望获得自治权利、减轻税赋的新兴资产阶级发动起义时,当地政府除了强势镇压、施刑流放也无计可施。①

明格尔岛正如五脏俱全的麻雀,恰成了奥斯曼帝国的缩影。

二、女性叙述的主体、建构和推动力

帕慕克相信,"小说艺术的根本目标在于呈现精确的生活描述",他在《天真的和感伤的小说家》的第 2 章"文学人物,情节,时间"中说道:

---

① [土耳其] 奥尔罕·帕慕克:《瘟疫之夜》,第 29 页。

第九章　明格尔的玫瑰与利维坦

虚构的人物漫游在伟大的景观之中,栖居于此,与之交往,成为其中一部分——这些姿态使他或她令人难以忘怀。安娜·卡列尼娜之所以让人追忆,并不因为她心灵的起伏或者我们称之为"性格"的一团属性的起伏波动,而是因为有一幅广阔、丰富的景观,她深深地沉浸于其中;反过来通过她,该景观又以其所有的繁丽细节展现自身。①

换言之,他认为"人物性格对我们生活的塑造并不像在西方小说和文学批评中表述的那么重要……比小说主人公们的性格更具决定意义的是他们如何融入周围的景观、事件和环境"。在《瘟疫之夜》中帕慕克对人物的塑造也正如此。

首先他并非从西方小说传统中最常见的男性视角进行叙述,而是完全从女性视角入手。小说最先出现的人物就是本书的"虚构作者"——我们后来才知道她的血缘或政治身份——即帕克泽公主的曾外孙女米娜·明格尔丽,从她写的序言可以了解到正是她整理了奥斯曼帝国第三十三任苏丹穆拉德五世的三女儿帕克泽公主(阿卜杜勒·哈米德

---

① [土耳其] 奥尔罕·帕慕克:《天真的和感伤的小说家》,第68页。

的侄女)在1901年到1913年间给她的姐姐哈蒂杰公主写的一百一十三封信。在序中米娜强调：

> 我在读信的时候问自己："是不是因为帕克泽公主像我一样，是'女性'，所以在描述同一件事情的时候总是要比历史学家和驻外使节多姿多彩、更'精确详细'？"
>
> ……
>
> 所有的信件，要是出版的话至少有六百页，而让我激动不已的另外一个原因是我也是个明格尔姑娘。[1]

如此明示与暗示相结合的对女性视角的强调，其本身就代表着现代、自由、超越传统史学的意味，这恰恰符合该小说结尾说的："明格尔万岁！明格尔人民万岁！自由万岁！"(而这句话同样由女性喊出："外曾祖母手握'旗帜'和我一起来到了阳台，门一直是开着的。我们挥舞着旗帜，内心坚定，饱含深情，异口同声地高呼。"[2])这并不是帕慕克第一次从非传统视角进行叙述。在《我的名字叫红》中，各类物品诸如尸体、金币以及插画中的若干图案都成了叙述者，甚至相对抽象的概念"死亡"、颜色"红"、撒旦也是如此。可

---

[1] [土耳其]奥尔罕·帕慕克：《瘟疫之夜》，第4页。
[2] 同上书，第597页。

第九章　明格尔的玫瑰与利维坦

见帕慕克充分结合了福克纳、乔伊斯这类作家的叙事手法，但又不同于他们意识流的现代特色，而是将他们技法中多角度和多声部的叙述方式发挥在了自己的小说中。

《瘟疫之夜》又不似《我的名字叫红》那样呈现多叙述者视角，而是只用了米娜·明格尔丽这位唯一的女性叙述者。又由于米娜"撰写"这本小说的素材主要来自对帕克泽公主与姐姐通信的整理，因此也可以说《瘟疫之夜》是由多位虚构的女性嵌套完成的。那就先看看小说中的女性角色：

1. 帕克泽公主之女王纪

帕克泽身上有着明显的公主-女王的成长轨迹，虽然成为女王与最后的退隐都只能算作其生命的某种政治意外。小说最开始，她只是个完全没有见过世面、处身世俗意义的低配婚姻中、远比不上两位姐姐的三公主（第9章）：

> 穆拉德五世被囚禁了二十八年，帕克泽公主是在他被囚的第四年出生的。这二十多年间，帕克泽公主从未见过宫殿之外的其他地方。
>
> ……
>
> 快三十岁的大女儿哈蒂杰公主和年龄略小的二女

儿费赫玫公主都接受了皇叔的安排,但是十九岁的帕克泽公主不想离开父母,只是两年后她也不得不步姐姐们的后尘。阿卜杜勒·哈米德在最后一刻给帕克泽找到了归宿,虽然对方不过是个医生。三姐妹一起在耶尔德兹皇宫结了婚。更有意思的是,帕克泽的指婚虽是匆忙了点,但和姐姐们不同的是,这门婚事让她感到很幸福。(有人说,这是因为她不如她的姐姐们漂亮,也不如她们有抱负。)①

然而,就是这样一位平平无奇的公主,在自己才二十一岁时就被邀请出任明格尔第三任国家元首,成了一代女王。帕克泽成为女王后,主动亲近明格尔老百姓,而且不止在富人区走动,也走访比较贫困的地区,安慰贫民,尤为关爱穷人的孩子。同时,她在对明格尔语的学习与运用中证明了自己,打破了"不懂明格尔语就不配做明格尔女王的质疑",或者说她清楚做好明格尔女王的基本修养之一就是先掌握一些明格尔语。此外,帕克泽秉着"推行隔离政策,终止疫情,拯救民众"的初衷在履行女王的责任与义务中表现出惊人的

---

① [土耳其]奥尔罕·帕慕克:《瘟疫之夜》,第68页。

第九章 明格尔的玫瑰与利维坦

潜力,尤其是在瘟疫肆虐下的复杂政治局面中(第75章):

> 自从宣布了外出禁令,女王就一直频繁地在总理办公室和住所之间来回走动,每隔一小时就要了解一次岛民"严格"遵守禁令的进展。
>
> ……
>
> 与日俱增的责任感让她非常严肃地对待这个更多是象征性或者仪式性的女王角色。
>
> ……
>
> 努里夫妇不会进入被访者家中。穿着传统但又略显欧式的女王只会站在花园里说自己给孩子们带了礼物。屋主也不会出门,他们都只是站在窗台前向女王挥手致意。大部分时候,女王什么也不说,直接放下礼物离开,然后像个孩子一样朝着楼上的人挥挥手。
>
> ……
>
> 她成为女王以来,她每天坚持背二十个明格尔语单词。①

帕克泽的女王形象本身非常具有现代意味。古代也有

---

① [土耳其]奥尔罕·帕慕克:《瘟疫之夜》,第513—514、519、544页。

女王，譬如埃及艳后克利奥佩特拉、中国的武则天、英国都铎王朝的伊丽莎白一世等。而一提到现代女王，我们可能首先想到的是 2022 年去世的英国女王伊丽莎白二世。换言之，帕慕克用现代女王的形象进行人物刻画，正展现了他对自由以及思想和文学精神上"性转"的一种胆大心细的尝试与美好愿景的寄托。他曾让帕克泽发出如下疑问："在一个自由独立的主权国家，女子继承的财产份额比同等地位的男子要少，这样合理吗？"[①]某天，帕克泽对努里说："按照宗教教规，法庭上两名女子的证词在重要性上与一名男子的证词相当，这种规定就是对女性的轻视。"[②]随后，"岛上的官方报纸《时政要闻报》用枯燥的法律语言公布了女性将要获得的几项新权利。"[③]具有同样义涵的是，伊丽莎白二世早在她登基之前就已经积极地参与了 1915 年来到英国的妇女运动协会。

同时，不可忽视帕克泽身上带有的奥斯曼式傲慢——谈到自己的皇叔最先读《福尔摩斯》，并且她本人也深受影响。在第 68 章的中毒案调查中，她和丈夫努里一起用福尔摩斯的破案逻辑进行分析，"像阿卜杜勒·哈米德从侦探小

[①][②][③] ［土耳其］奥尔罕·帕慕克：《瘟疫之夜》，第 533—534 页。

第九章 明格尔的玫瑰与利维坦

说中获得的乐趣一样"①。此外,帕克泽的皇室公主身份,也令她有着相应阶层所与生俱来的天真与脾气(第58章):

> "对您太失望了!"帕克泽公主对丈夫说,"这么可怕的事情,就发生在我眼皮底下,您居然还瞒着我。就连我皇叔都做不出这样的事。"
>
> "是的,您的皇叔极少会批准地方上的死刑判决。米特哈特帕夏本来都被判了死刑,结果还是减为终身监禁了。但是难以理解的是,您皇叔最后还是派人在塔伊夫监狱把他杀了。"
>
> "我宁愿待在伊斯坦布尔,生活在对皇叔的恐惧中,也不愿待在被这种残暴总督统治的地方。"
>
> ……
>
> 努里作为被奥斯曼皇室接纳才得以和公主结婚的驸马,如此不留情面地指责奥斯曼帝国,还用帕克泽自己嘲讽阿卜杜勒·哈米德的语气批评皇室,这令帕克泽公主有些恼怒,她想让努里清醒地意识到他的身份。②

---

① [土耳其] 奥尔罕·帕慕克:《瘟疫之夜》,第472页。
② 同上书,第402—403、405页。

帕克泽是多元的、充满活力的动态变换体。她不是一个脸谱化人物，美好的女王形象不是一张面具。如果帕克泽只是被单一地刻画成一位非常现代或者非常返旧的奥斯曼帝国式的女性，那么她又变成了一种宣传的口号和形象而已。这样的女性形象再光辉高大，也不足以成为一个有血有肉、复杂真实的具体的人，进而无法提供足够的说服力。帕慕克清楚在传统与现代的碰撞下，在明格尔的（土耳其）共和制的走向中，势必存在无数纠葛，不可能简单评判诸如保守就是坏的、突进就是好的等等。电视剧《觉醒年代》中关于北京大学和"五四"的部分，倾向于表现保守人士如辜鸿铭、黄侃等非常不开明；而胡适、陈独秀等人就一定代表着未来的方向，这种单调的处理就会使人物和故事失真，从而削弱了文学之美，甚至令人产生逆反心理。如果克服不了对反面角色（真的是反面吗？）脸谱化的处理陋习，那么正面角色即便有演技高超的演员的衬托也达成不了内在张力真正的突显。有任何觉醒年代和启蒙精神的问题可以如此简单吗？恐怕还是用口号掩盖了矛盾。若服务性色彩太浓，历史和艺术是一定会遭受到抹平化回旋镖的。

以上是帕慕克在非常细微的女性视角方面的相关构

第九章　明格尔的玫瑰与利维坦

图,而在宏观的明格尔岛政局处理上,他有着亚历山大斩断格尔迪奥斯绳结式的构想。在《瘟疫之夜》大约250页处,瘟疫使明格尔岛的一切陷入僵局,尤其是本应起引领民众作用却乱作一团的政府:

> 伊斯坦布尔方面不断发来电报,这也让总督心慌意乱,他觉得自己出于正义感而努力推行的隔离措施到头来不过是徒劳无功。伊斯坦布尔发电报要求严厉打击非法载客并实施宵禁,但这个规定也因为皇宫的意旨而没能充分执行。的确,一些区域严禁居民夜里带着灯笼或者油灯闲逛,所以谁也不晚上出门了。但是后来事实证明,这种局面助长了盗贼的嚣张气焰,他们轻而易举地进入空房子,把里面的桌子、床垫和居家用品全部卷走。难道这些被盗物品不会加速疾病的传播吗?[1]

而且作为明格尔岛领头羊的萨米总督彻底明白了"苏丹根本不关心明格尔人的死活,苏丹竭尽全力想要做到的是不让疫情传播到伊斯坦布尔和欧洲国家。在传统的奥斯

---

[1] [土耳其]奥尔罕·帕慕克:《瘟疫之夜》,第254—255页。

曼社会,这是一个先被自己的父亲遗弃,后被身居高位的人漠视,一辈子都听命于人的可怜人的悲剧"[1]。可是,他无能为力。全书仿佛陷于瓶颈,读到此处不禁令人纳闷甚至郁闷,接下来还能发生什么事呢? 帕慕克还能再写些什么才可以跟前文一样有趣或更有趣呢? 没想到,帕慕克选择了强民族主义的政变。他先使卡米尔将军成了明格尔岛的开国元首,又让卡米尔夫妇在经过短暂的稳定之后死于瘟疫,随后设计了混乱的、为期二十天不到的"谢赫哈姆杜拉时代",接着才让帕克泽女王上台。帕慕克着重展现了她施行的再隔离政策下循序渐进的良好过程:

> 在外出禁令执行了五天后,当日死亡病例为三十九例,首次出现了死亡数量大幅下降的情况。
>
> ……
>
> 在接下来的三天里,每天的死亡病例都在明显下降,每天早上来流行病学研究室开会的人终于开始相信隔离措施行之有效,而且对外出禁令和封城令的成效也深信不疑了。(第 75 章)

---

[1] [土耳其] 奥尔罕·帕慕克:《瘟疫之夜》,第 255 页。

第九章 明格尔的玫瑰与利维坦

> 从9月13日星期五开始,随着死亡人数的明显下降……(第76章)

> 每日死亡人数已经下降到五六人……(第77章)[①]

如果读者根据人口总数进行数据化处理,将发现明格尔岛最终以每日仅死全国0.1%人口的低比例(比之前低很多)熬过了瘟疫的强势期。虽然最后政权全由马滋哈尔夺去,但帕克泽和努里终于全身而退,平安无事地抵达了中国香港。这似乎是全书最具戏剧性的一刻,帕克泽成为女王后既没有得病而亡,也没有被谋害,她还在治理紧急时政期间以福尔摩斯的方式侦破了小说开头设下的悬疑(医生邦科夫斯基帕夏赴岛被害一案),以上都体现了帕慕克对帕克泽女王之象征的极度珍视。而这种珍视并不是所谓的左派、右派、激进、自由、保守的那种鼓吹式的、政治口号式的反响,而是他站在文学角度将复杂性化在小说中,不断讨论政治、宗教、地缘、历史和小说之间的关系,深入进行切摩治道、款通天地的展现。

2. 泽伊内普之于明格尔神话

泽伊内普以单纯的形象贯穿始终。她是一位因为瘟疫

[①] [土耳其] 奥尔罕·帕慕克:《瘟疫之夜》,第516—517、520、531页。

去世的狱吏的女儿。令人印象深刻的除了她的美貌,还有她一直怀揣的"要去伊斯坦布尔看看"的渴望,直到死前最后一刻她依旧在念叨:"我还没有见过伊斯坦布尔就要死了!"她得病的原因也和她本人一样单纯:擅自违反隔离政策,冒着被感染的风险去取了一把被遗忘在家中的由姨妈赠送的珍珠柄木梳。泽伊内普虽然到死都没去成伊斯坦布尔,但在某种程度上她却成了一位被选中的独一无二的"幸运儿"——开国国母,毕竟成立了共和国政府的明格尔岛的政治性质约对等于奥斯曼帝国及其首都伊斯坦布尔。然而,泽伊内普对伊斯坦布尔的向往不会被完整地书写在开国后的明格尔文化中,甚至可能完全不会被提及,因为这不利于明格尔的新共和国形象。帕慕克塑造的明格尔神话正如希腊神话、罗马神话,将非常具有西方特色的泽伊内普和卡米尔的爱情神话作为明格尔神话的中心基点。在这段情感中,泽伊内普是卡米尔的希望之光。一方面,卡米尔因为被妻子感染瘟疫而死,但另一方面更深层次的意蕴在于卡米尔和泽伊内普的爱情具有柏拉图《会饮》中阿里斯托芬所说的圆人形态——彼此为共同体,一旦其中一个死了另一个也活不久。唯有如此,两人的结合才可能为新的自由的共和国提供神话基础。

第九章　明格尔的玫瑰与利维坦

泽伊内普在《瘟疫之夜》中的存在绝不像她单纯的性格那样简单，这点不仅体现在她与卡米尔的爱情上，更体现在爱情发生的那一刻所说的话——Akva nukaru，"水在那边！"。纯粹的爱情故事或许足以为明格尔神话奠基，但若少了泽伊内普这句在强烈爱欲下脱口而出的明语，便无法经受住时间的淘洗，也无法最终沉淀为影响深远的明格尔文化。因此，恰恰是泽伊内普成了架起整个明格尔文化的支点。语言作为文明的发源与本体，正如水为万物之源，帕慕克将如此双重含义赋予在泽伊内普身上，同时意欲让她发挥女性本身所有的哺育明格尔岛土地与人民的伟大母性，使明格尔文化得以赓续成为一种虚构中的"现实"：

> 1957年秋天，我上二年级，老师发现我的词汇量，尤其是明格尔语词汇量远大于其他同学，于是她让我坐在最前面，还允许我在课堂上翻阅我的袖珍词典（那时还没有大部头的词典）。一天早上，每年都会在不提前通知的情况下来学校检查一次的女督导来到教室，老师特意把我叫到黑板前，问我最近学了哪些单词。我背出了一些最古老的明格尔语单词，还说出了它们的意思：黑暗、羚羊、冰山、檐沟、鞋子、徒劳。我怀疑有

些词的意思可能连染着黄头发的女督导和老师都不知道。

但当女督导让我用这些单词造句的时候,我顿时不知所措。我眼前浮现了独立日庆祝活动上手握单词卡片、在广场来回跑动并变换队形造出各种句子的高中生。我羞愧地看着黑板上方悬挂的卡米尔和泽伊内普的照片。他们是多么年轻,多么美!他们当年认识彼此的时候,在一片漆黑的厨房用明格尔语交流,他们不但拯救了这门语言,还让一个民族免于被人遗忘。我对他们心怀感激,也为自己造不出句子而羞愧难当。

但让人苦恼的是,我仍然无法用明格尔语思考,就连做梦的时候也在说土耳其语。(这也是我用土耳其语写这本书的原因。)女督导见我结结巴巴说不出话来,于是转向老师说道:"您来造个句子吧!"老师用明格尔语开了个头,但是也没有说出完整的句子。沉默了一会儿,老师看了看女督导,想让她把句子说完。女督导费力尝试了一番,也同样无法完成这个句子。

不过,女督导并不觉得尴尬,她继续问我:"谁是明格尔的第二任总统?""谢赫哈姆杜拉!""泽伊内普和卡米尔在厨房里最先想到的是哪一个词?""Akva——

第九章　明格尔的玫瑰与利维坦

水!""明格尔自由和独立是哪一天宣布的?""1901年6月28日。""有一幅画描绘了当天晚上马车在空荡荡的街上行驶的场景,这幅画是谁画的?""画家塔杰丁,但是那幅画描绘的场景一开始是明格尔人民自己想象出来的!"女督导听完我的回答深受感动,她把我叫到身边,吻了吻我的额头,然后激动地说:"亲爱的姑娘,如果卡米尔和泽伊内普能看见你,他们一定会为你感到骄傲,他们会明白明格尔语和明格尔民族一直在延续。"(她没有任何不尊重的意思,明格尔人在20世纪50年代称呼开国元首的妻子是直接用单名"泽伊内普"的,就像是在提及某个神话故事里的女主人公一样。)[1]

3. 玛丽卡与谣言

玛丽卡是希腊高中的一位历史老师,也是一个寡妇,同时是故事展开之初明格尔岛总督萨米帕夏的情妇。小说中,玛丽卡除了为萨米帕夏提供慰藉,更重要的功用是提供大政治事件下的私人视角——老百姓视域中瘟疫泛滥的明格尔岛的一切。每次和萨米帕夏幽会时,玛丽卡都会与他

---

[1] [土耳其] 奥尔罕·帕慕克:《瘟疫之夜》,第583—586页。

讨论、传授民情舆论，以及民间流传的谣言：

那天晚上，总督见了玛丽卡，二人缠绵之后，玛丽卡给他讲了最近的各种流言蜚语，然后聊起了她觉得最匪夷所思的事情：

"有一群父母去世的希腊小孩和穆斯林小孩总在夜里去敲好心人的门，门开之后，开门的人必须给他们提供食物，因为据说被敲门且行善的人就不会因瘟疫而死了。"

"我听说有这么一群孤儿，但不知道敲门的事！"总督说。

"据说这些孩子百毒不侵。即使是抱着死去的父母睡觉，他们也不会感染。"

"你不是说从窗户里看见过一个大晚上提着麻布袋，满大街乱扔死老鼠的人吗？还有其他人看见他吗？"

"总督大人，那个恶魔我是真的见过，不过既然您这么说，那我也就不再信了。再说了，自从戴口罩的消毒人员来了之后，也没有什么人继续说恶魔的事。"

"你倒不如说是我们的消防员赶走了那个恶魔呢！"

"我这么说，您肯定会不高兴：现在大家越发确

第九章 明格尔的玫瑰与利维坦

信,疫情就是苏丹女儿坐的那班船带来的。"

"你是为了让我难受才选择相信这个弥天大谎的吧。"萨米说这话的时候也没想到自己会这么激动。

"总督大人,如果一个人怀疑某件事情,他能骗他自己去相信这件事吗?"

"那你是想说,你确实相信这个谎言,是吧?"

"所有人都相信这是真的!"

"那是因为大家都心怀怨恨,"总督说,"苏丹派来最专业的检疫医生来拯救岛民,本来要去中国的船临时改变航线来了明格尔。然而岛上的希腊民族主义分子处心积虑诋毁苏丹和奥斯曼政府,借机散布谣言说瘟疫是这艘船带来的。你们别被人利用了吧!"

"您大人大量……还有人说,这次疫情是一帮逃避隔离、想要造反的朝圣者带来的。"

"朝圣者三年前带到岛上的是霍乱,不是瘟疫!"总督说。[①]

以上这些信息也正如美籍乌裔学者沙希利·浦洛基在

---

① [土耳其]奥尔罕·帕慕克:《瘟疫之夜》第22章,第154—155页。

《切尔诺贝利》中提到的"都还不清楚这些消息是怎么被人知晓的,但这就是军队里谣言所起的作用——它帮人具象化内心最深处的恐惧"[①],无疑增强了瘟疫下整座明格尔岛的恐怖氛围。此外,玛丽卡的二手舆论和谣言最具私人性,属于最不可能被记录下来的野史。然而,这些内容却被帕慕克如数展示在帕克泽公主的书信与明格尔岛相关的一些史书中。他为什么会衍生出由玛丽卡带出的一串视角? 不难看出这是他有意为之的一种设想,让玛丽卡的出现生产出这部建构起来的历史书的史实困境,或者说使她成为这段原本坚固史料中一颗松动的螺丝。帕慕克用看似非常严肃的史笔书写出了一种后现代偶然观——某人的某些话将彻底改变明格尔的历史(如果没有某句话,没有某个人的做法,明格尔历史可能就会完全不同)。这种讨论不仅在民间流传,一些历史学家对此也乐此不疲:

> 一些明格尔历史学家在分析这件突发事件时指出,如果这位老车夫没有在谢赫哈姆杜拉布道结束前发病倒地,那么明格尔岛的历史将有可能被改写。

---

① [美]沙希利·浦洛基:《切尔诺贝利:一部悲剧史》,宋虹、崔瑞译,广东人民出版社2013年版,第25页。

第九章 明格尔的玫瑰与利维坦

一些历史学家假设,谢赫在这个卫生间里待的这段对他而言相当漫长的时间(我们估计也就十来分钟)最终改变了明格尔岛的历史进程。

历史学家们一致认为,当晚牢房里爆发的骚乱戏剧性地改写了明格尔的历史。①

帕慕克随后又不断对诸如此比的"文献"进行了解构。与此同时,侦探悬疑小说的模式也遭到了前/反侦探小说式双重的解构——帕克泽公主运用她敬重又反对的皇叔哈米德所崇尚的西方福尔摩斯式的破案手法,而萨米帕夏用的是常见的传统穆斯林式侦探手法。对立的两者仿佛是政治学观念下政治意识形态的两种推断,以宫斗剧般的形式推动着故事的发展。这种解构不仅在帕克泽的书信描述中,也在明格尔丽的再描述、改写中得到了演绎。而此种演绎有时又因为帕慕克的政治史学观导致福尔摩斯式的侦探小说或西式破案套路被解构,并从侧面揭露了最有可能身为事实的真相——拉米兹带头造反的那群人将邦科夫斯基帕夏杀害,

---

① [土耳其]奥尔罕·帕慕克:《瘟疫之夜》,第 49、50、63 章,分别对应第 338、345、433 页。

同时有尼基弗罗（后者曾经的合伙人）的参与，甚至哈里发（阿卜杜勒·哈米德）就是那个幕后主使者。帕慕克运用的这种讽刺能够让后现代史观和侦探小说等形式既被建构又被解构，从而建立起一种非常复杂（"解-建构"）的小说结构。

三、谁是明格尔与土耳其的英雄？

除了女性视角、贯穿全书的政治视角、历史视角，小说中也有所谓英雄观的展现，代表人物如卡米尔。他具备脱离原有的奥斯曼帝国的潜质，也拥有创造新共和国的破釜沉舟之力，并致力于为瘟疫之下的人民带来希望之光。不过这里提到的英雄是打引号的，并非只有在历史上留名的、创下丰功伟绩的人才能被称为英雄，像邦科夫斯基帕夏等医生在某种程度上更能称其为英雄。可在现实生活中，譬如近年的疫情之下，却并没有出现一位贯穿始终的英雄。这部小说也是如此——不论是卡米尔、帕克泽公主还是毁誉参半的萨米帕夏，都在明格尔岛上起起伏伏，最终死的死，离开的离开。现实走进了小说。尤其在对帕克泽女王的形象刻画中，帕慕克拒绝将其塑造成"机关降神"，他避开

第九章 明格尔的玫瑰与利维坦

了最后女王一统全国、成为一代豪杰的大女主角的爽文套路。在此过程中,明格尔岛上被自由观浸润的民族主义已经崛起,土耳其族和希腊族的分裂与融合也激发出了一种新的社会生活方式。帕慕克可以通过文学将政治描叙得不失真又不显得过于理想主义,又能技艺娴熟地将自己的理想寓居于小说之中。

《瘟疫之夜》中的人物刻画十分多元,可见帕慕克非常清楚人和人之间、男性和女性之间的各种关系。譬如,帕克泽女王可以带领大家自愿隔离,但无法建国;摧毁旧制、设计共和,引领全明格尔岛走向关键一步的必须是卡米尔。又例如,卡米尔负责强调明格尔性、明格尔语、明格尔民主;同时,萨米帕夏也认同于这一新兴维新的、长久以来的"民族性",他认为只有住在这座岛上的人民才是真正的明格尔人。明格尔人并不由别的因素如某一宗教、政治信仰所汇集,居住于岛上的亲近性才是成为明格尔人的最直接的因素。再如,男性身上陈旧的、错误的、不应该在现代续存下去的习性,帕慕克也通过各种方式将其打破,有时是从反向或侧翼打破——像借道于英国领事乔治的形象:

> 乔治在夫妻关系中秉承的男女平等原则也让总督

发自内心地敬佩他。乔治和海伦常常一起出游、野餐，探寻明格尔岛的美丽景色，彼此亲密无间，无话不谈。在总督认识玛丽卡之前，乔治夫妇介绍玛丽卡的丈夫和总督相识，不过她的丈夫后来去世了。总督刚来的头些年，总去乔治家里喝酒。每当总督看着眼前美不胜收的景致，他总喜欢跟乔治夫妇谈自己的雄心壮志，说自己誓死也要保全这颗东地中海的璀璨明珠，说要和企图从奥斯曼帝国手中夺走这颗明珠的无耻之徒抗争到底。尽管乔治夫妇觉得总督在爱情、婚姻和个人生活方面有些鲁莽和自负，尽管总督觉得乔治夫妇经常拿自己开玩笑（或许是总督感觉有误），但总督还是很珍视他和乔治的友谊。①

萨米帕夏和玛丽卡维系着婚外情（前者已经5年没有和自己妻子见面），同时在自己的总督职位上异常操心，他并没有为自己牟太多私利，在这混乱的瘟疫之下，玛丽卡成了他唯一的安慰："他脑海中那个爱的对象突然由明格尔变成了玛丽卡。对于帕夏而言，明格尔就是玛丽卡，玛丽卡就是明格尔，二者已经融为一体了。他从阿尔卡兹城出逃的

---

① ［土耳其］奥尔罕·帕慕克：《瘟疫之夜》，第295页。

第九章 明格尔的玫瑰与利维坦

那一晚,玛丽卡为了他不顾自身的安危,表现得异常坚强和勇敢。"[1]帕慕克用心刻画出一种政治人物拥抱爱情的图景,他鼓励如此。几乎所有人际关系得以发展的背后推动力,都被帕慕克寄托在了帕克泽、泽伊内普、玛丽卡以及写了这本小说的虚构作者明格尔丽的身上,这是他探索的一条通向未来的道路,关系到明格尔共和国未来的道路。帕慕克确实更偏于"双非"的——非土耳其也非西方的——真正现代自由的形象,其中更多的是对以往对立的一种否定,而非对对立的翻转。这也体现了写作的最好的可能性之一。

从《堂吉诃德》这部现代小说开始,小说——至少西方小说——就成了一部现代反讽史。待西洋小说东游至"东道主"土耳其这里时,帕慕克已将西式反讽运用得"炉火清真"。米娜用自己的主观视角谈一些想法,完全不遮掩自己作为明格尔岛的民族主义者,她是把《瘟疫之夜》本身的客观史学的样貌彻底解构的最后一块拼图。当然,这也是背后主使者帕慕克的一个笔法,包括让督察长马兹哈尔将帕克泽公主/女王和努里医生软禁并最终促使她和平卸任,好一番精巧的叛国性的政变处理。然而,在这种政变中,女王

---

[1] [土耳其]奥尔罕·帕慕克:《瘟疫之夜》,第459—460页。

的美好形象又被充分保存在了明格尔史中,可见随后继任明格尔总统的马兹哈尔灵活的政治手腕。在此共和制的叙述历程中,读者也能看到很符合史学的、实证的发展路向——共和国政治中可以有女王,但是不能有"男王",确显立宪与共和之辩证。与此同时,《瘟疫之夜》又是岛国性小说,它可以被用来和像《乌托邦》《暴风雨》《鲁滨逊漂流记》之类的岛上文学进行对比和平行研究。据米娜·明格尔丽的陈述,这部历史小说出版后,她辛劳整理数载的帕克泽公主书信集也终将面世。大家可以通过出版之后的书信进一步了解明格尔岛,或者去明格尔的博物馆实地参观。据悉热爱历史的小说家帕慕克也曾探访过明格尔博物馆和档案馆,不知他乘坐的是从比雷埃夫斯港出发的忒修斯号游轮,还是途经以色列的法国民航。

行文至此,我们或许提到太多"真实""现实"之类可能触犯纳博科夫与昆德拉并让萨特与略萨感到高兴的词汇了,那也就不以什么凯末尔来对应卡米尔了,此处就用一句青钢影卡密尔对发条魔灵所说的话来向卡米尔与女王表示最后的致意吧:"自立自主总胜过俯首为奴。"巴尔扎克的《贝姨》中有这么一段描述:"人总免不了感染环境的影响。和土耳其人不断战争的结果,波兰人爱上了东方的豪华富

第九章 明格尔的玫瑰与利维坦

丽,他们往往为了华美的装饰而牺牲必需品,浓装艳服,穿扮得像女人;其实气候的酷烈使他们的体格不下于阿拉伯人。"[1]作为土耳其作者的帕慕克可能并不会赞同这段为土耳其撒上了图尔香料的黑番茄风味。他一直坚持"作家要做的,就是发现我们心中隐痛"[2]。西方文化的强势胁迫着当今建立土耳其民族文化自信的过程,这一紧切心态或清晰或隐约地浮现于帕慕克的笔端,令人忆起他在 2006 年诺贝尔文学奖受奖演讲时所言:"我要写是因为我想让全世界都知道我们伊斯坦布尔人、我们土耳其人过去和现在过的是什么日子。"

---

[1] [法]巴尔扎克:《人间喜剧》(第五卷),傅雷译,江苏凤凰文艺出版社 2022 年版,第 240 页。
[2] 引自帕慕克 2006 年诺贝尔文学奖受奖演讲。

天真和不那么感伤的结语

本书的副标题为"欧洲经典长篇小说九种",也许除了"九种"之外,欧洲、经典、长篇、小说这四个词均会遭到不同层面的质疑。俄国或土耳其地属欧洲或西方吗?帕慕克或埃尔诺算是经典吗?福斯特或卡尔维诺还能保证其经典席位多久呢?《穷人》的字数是否够得上"长篇"?《一个女人的故事》是小说吗?

要的就是这种质疑。若能凑成九种质疑配上本书之九位作家的九部作品,则更"似锦上添花,如旱苗得雨"。在《被背叛的遗嘱》中,昆德拉谈到了对作为思考和分析的文学批评的肯定,其实对他而言,这指的就是小说批评——对小说的阅读和研究,在小说中延展思绪,于小说史内发现接续与创造。这意味着反复阅读小说大作,首先像巴赫的"发烧友"或《老友记》的"忠粉"那样重复自己的动作,其次也要有一定的思想力和判断力以便深入小说本身的逻辑,不为外在的哲学、政治、历史、经济、意识形态甚或情感所左右。

昆德拉提到,"是对当前杂色纷呈的世事置若罔闻,而一心争论一年前、三十年前、三百年前诞生的作品的文学批评;是试图抓住一部作品的新鲜之处并将它铭刻在历史的记忆之中的文学批评。假如没有这样一种随时与小说史相伴的思考,我们今天就会对陀思妥耶夫斯基、对乔伊斯、对普鲁斯特一无所知。没有它,一切作品就会在经受随意的评判之后迅速地被人遗忘"[1]。昆德拉有着比如对奥威尔的政治生理上的厌恶。一旦发现某种观念先行、小说沦为传声筒而非唯一可取形式的情况发生之时,昆德拉会变得像纳博科夫一样"暴躁"。也许,这是因为昆德拉和纳博科夫都是感伤的小说家和小说批评家吧。而在赫胥黎娱乐至死的"美丽新世界"里,奥威尔则无疑是一个天真的小说"米兰达"。

在《西方正典:伟大作家和不朽作品》的最后,哈罗德·布鲁姆曾以"哀伤的结语"作为收尾,但他毕竟随之附录了长约50页的经典书目以飨读者。请注意,这篇书目中的任何作品,他一定通篇细读过一遍以上。故而,他的哀伤在于这些经典诗歌、戏剧、散文和小说将不再被人所阅读,或者更糟糕——将被人用"憎恨学派"的理论所歪曲和贴标

---

[1] [捷克]米兰·昆德拉:《被背叛的遗嘱》,第24页。

签。莫洛亚的《追寻普鲁斯特》中记载了普鲁斯特说过的一句话:"一部有理论的作品,犹如一件没有去掉价格标签的商品……"

不读而论且发,于我如浮云。不读经典小说,但在写论文时引用并发表该论文于核心刊物,对我来说是最大的笑话,也是最可怜的精神自戕。昆德拉生于1929年4月1日,也就是愚人节。他是有充分的幽默感的,他于2023年7月11日去世,而这并不阻碍我们继续阅读他的小说和小说批评。此外,随后我们不是还有创作小说兼小说批评的双料大作家如略萨、帕慕克吗?帕慕克的《天真的和感伤的小说家》早就重复地道出了先贤所共知的现代人文之道:"对于现代的世俗化的个人来说,要在世界里理解一种更深刻、更渊博的意义,方法之一就是阅读伟大的文学小说。我们在阅读它们时将理解,世界以及我们的心灵拥有不止一个中心。""伟大的文学小说——如《安娜·卡列尼娜》《追忆似水年华》《魔山》《海浪》——对我们是不可或缺的,因为它们创造了希望和栩栩如生的幻象,认定世界存在中心和意义,因为它们支撑着这个印象,从而在我们翻动书页时给予我们快乐。""阅读小说的使命并非为整体景观作出一个全面判断,而是在愉悦中体验每一个幽暗的角落、每一个人、景观的每一种颜色和细微差别""托尔斯泰称其为生活的意义(或者无论我们称其为什么),那个我们乐观地相信其存在却又难以到达的地方。"①

中心但不止一个中心,意义但不要固化意义,哀而不那么感伤,天真却始终求真、保真。小说或文学被利用与误读,从其诞生之始便"向来如此",但这并不妨碍小说的"卡塔西斯"指向最初的人的教化与最终的人的超越,以及……行走到人生中途的爱的追寻。正如莫洛亚所言:"我们将必须说明,普鲁斯特如何通过一种类似隐修士的进程来达到这种对尘世的完全弃绝,他又是如何逐渐毫不惋惜地放弃尘世的一切财产,最后,他如何把自己痛苦的一生的终结称为永恒的爱。"②愚人节暂时过去了,生活还要继续,幸好还有小说。谨以此书献给逝去的时光,献给陆立保、胥秀英、娄善福。

2024 年 4 月 2 日
于泉城汇科旺园

---

① [土耳其] 奥尔罕·帕慕克:《天真的和感伤的小说家》,第 160 页、159—160 页、159 页、25 页。
② 同上书,第 188 页。

图书在版编目(CIP)数据

小说不小：欧洲经典长篇小说九种 / 陆浩斌，何飘飘著. -- 上海：上海社会科学院出版社，2024.
ISBN 978-7-5520-4507-9

Ⅰ. I106.4

中国国家版本馆 CIP 数据核字第 2024HX8618 号

小说不小：

欧洲经典长篇小说九种

著　　者：	陆浩斌　何飘飘
责任编辑：	叶　子
封面设计：	黄婧昉
出版发行：	上海社会科学院出版社
	上海顺昌路 622 号　邮编 200025
	电话总机 021-63315947　销售热线 021-53063735
	https://cbs.sass.org.cn　E-mail:sassp@sassp.cn
排　　版：	南京展望文化发展有限公司
印　　刷：	上海颛辉印刷厂有限公司
开　　本：	787 毫米×1092 毫米　1/32
印　　张：	9.25
插　　页：	2
字　　数：	155 千
版　　次：	2024 年 10 月第 1 版　2024 年 10 月第 1 次印刷

ISBN 978-7-5520-4507-9/I·546　　　　　定价：65.00 元

版权所有　翻印必究